Rouge est ma couleur

Du même auteur
chez le même éditeur

Démons ordinaires
La Vie d'artiste
Dans les rayons de la mort
Cœur sombre
Du béton dans la tête
Made in Taïwan
Personne n'en sortira vivant
La Guitare de Bob Diddley
Ping-Pong (avec Jean-Bernard Pouy)
Tohu-Bohu (avec Jean-Bernard Pouy)
Entrée du diable à Barbèsville
Le Roi, sa femme et le petit prince

Marc Villard

Rouge est ma couleur

Nouvelles

Collection dirigée par
François Guérif

Rivages/noir

Retrouvez l'ensemble des parutions
des Éditions Payot & Rivages sur

www.payot-rivages.fr

106, bd Saint-Germain – 75006 Paris

ISBN 978-2-7436-0040-2

La Valse du contrebandier

Des éclats de clair de lune
Poignardent les draps
Dans la puanteur d'une chambre à quatre dollars

Et papa est parti à la chasse
D'un petit paquet de dope
Attaché à un ballon jaune

Alors, chut... petit bébé
Ton papa doit partir
Je te recouvrirai d'une couche de neige

Et quand j'arriverai à Jersey
Tu seras au paradis
Dans une jolie boîte à chaussures bleue que je connais
Alors chante une chanson a dix briques
Parce que avec tant de blé dans les poches
Je peux pas t'emmener à Baltimore

Réveille Dieu au paradis
Qu'il regarde bien en bas
Il y a un petit ange qui fleurit dans la neige.

Tom Waits

À Bob Rafelson
qui a éclairé ma jeunesse.

Rouge est ma couleur

1

Zoé poussa un long hurlement. À l'étage des infirmiers, Spengler sursauta sous l'agression : cette petite pute du 222 commençait à le stresser. Puis il se souvint, le père était flic. Cool, Raoul. La consigne aussi lui revint en mémoire. Lesté de douze boîtes de Kronenbourg, il bippa Fabulous qui folâtrait dans le pavillon 3.

Fabulous, un infirmier noir de quatre-vingt-dix kilos, visage zébré d'une fine moustache, décrocha le récepteur du 3 face à la piaule d'un psychotique léger.

– Fabulous.

– Spengler. Ta pute du 222 hurle à la mort. J'ai mes nerfs, blackman.

– O.K., j'arrive. Tu te rappelles le truc, je suis seul sur ce coup.

– Ouais, je sais, t'as toujours rêvé de tringler un flic. Tu te payes un transfert, mec.

– T'es un marrant, Spengler. J'arrive tout de suite.

Fabulous raccrocha. Puis il sprinta jusqu'au pavillon des infirmiers et rafla dans sa piaule une shooteuse et un sachet d'héroïne. Dare-dare jusqu'au pavillon 5, les barjots martelant leurs portes avec des casseroles en beuglant « Fais taire cette salope, Fabulous. » Et l'autre qui continuait à flirter avec la Traviata.

– Zoé, ferme ta gueule, je suis là.

– Ben merde, t'as rien à voir avec un TGV.

Il la contempla, cils demi-fermés. Vaguement rousse, la bouche pulpeuse, vingt-deux ans et une case à moitié fêlée.

Il agita son matériel sous le nez de la jeune fille.

– J'ai le matos, baby.

– Aboule, je suis mal ce soir.

– Et la désintoxe, tu laisses tomber ?

Elle haussa le ton, hyperdure.

– Fais pas chier, Fabulous et passe-moi cette came.

– Mon cadeau d'abord, après tu vas planer et j'aime pas quand t'es comme ça.

Elle soupira puis, rageusement, jeta par terre ses vêtements civils, autorisés par la clinique.

– Tu m'enfiles comment ?

– D'abord tu câlines Popaul et sois pas vulgaire, please.

Elle dégrafa le jean du blackos, fit saillir la verge brune et l'avala sans tergiverser.

Quand tout fut terminé, elle s'enferma dans la salle de bains pour se faire son shoot. Putain, la honte qu'elle avait de s'enfiler cette merde. Mais il lui fallait ça pour supporter tout le reste. Fabulous l'avait jugée au premier regard. Elle revint dans la pièce, sur un édredon de pure métaphore.

– Coupée à soixante.

– C'est pour te déshabituer, je veille sur toi.

– Me prends pas pour une conne, Fabulous. Si tu me rapportes une saloperie pareille, je vends ton deal à doc Beucler.

– Il te croira jamais, t'es ma seule cliente.

– Salomon et Moustache au pavillon 4 et Tatiana au 3. Continue comme ça et je lâche la purée.

Grisâtre, le Black.

– Bon, je ferai mieux la prochaine fois mais tu me

laisseras faire TOUT ce que j'ai envie de faire, O.K. ?

– Mon corps n'a aucune importance.

À moitié à poil, il tirait sur une Marlboro, nonchalamment vautré sur le plumard.

– Zoé ?

– Hum…

– Pourquoi tes vieux t'ont collée ici ?

– C'est pas tellement mon père, lui il est plutôt cool, c'est ma vioque. J'ai essayé de la dessouder avec le .45 de papa. Elle s'est morflé une balle dans l'épaule, j'ai jamais pu blairer cette salope.

– Mais pourquoi t'as fait ça ?

– Une descente de speed. Je devenais folle et elle a commencé à me sortir sa morale de ringarde. Après, j'ai roulé close. Les flics n'ont rien pu m'arracher, même pas David – c'est mon vieux. Du coup, ils m'ont collé à la clinique de Beucler.

– Tu leur en veux ?

– Oui et non. J'aurais pu finir en taule, tu sais. Et puis David a promis de me sortir d'ici. Après il me restera le plus dur : lâcher la came.

Ils restèrent silencieux un bon moment, chacun perdu dans ses pensées.

– Tu participes au concert, dimanche ? s'informa le Noir.

– Ouais, Beucler m'a trouvé des drums et Salomon est un sax de première catégorie. On va te foutre sur le cul, Fabulous.

– J'demande à voir. Comment t'as appris pour la batterie ?

– David. Il jouait dans un orchestre de twist à la con dans les *sixties*. En fait, je réalise son rêve : lui était mauvais et moi je suis superbonne.

– Bon Dieu, comment peux-tu supporter un flic ?

– Ce n'est pas un flic ordinaire. Casse-toi maintenant.

2

David Nolane et Carl Weissner, section stups du XVIIIe arrondissement, patientaient, comme seuls les flics savent le faire, dans une Clio banalisée. Ils étaient garés rue Myrha, à trente mètres des *Becs salés*, un rade cafardeux de Barbès. Nolane, cinquante ans, cheveux blonds et les yeux bleu pâle, se tourna vers Weissner, mat de peau, la quarantaine.

– Débite-moi encore l'histoire.

– David, c'est du billard.

– Je sais, mais tu racontes bien.

Weissner soupira et tira une Camel d'un paquet fripé.

– Mon indic…

– Le mec dont je ne dois pas savoir le nom.

– C'est vraiment spécial, David. Ce mec est spécial. Je ne peux vraiment pas t'en parler.

– O.K., continue.

– Il était dans le bar de Khaled à Belleville, il y a trois jours de ça, et deux mecs s'assoient à la table derrière lui. Ils commencent à parler d'une supercame et se font des cheveux sur les acheteurs…

– Pourquoi ?

– Ces mecs-là se méfient de tout le monde. Enfin, bref l'un des deux prétend qu'Abdullah a forcé l'acheteur à se shooter sous ses yeux. Du coup les gus se décontractent et commencent à baragouiner sur le deal…

– Tout ça en français ?

– Non, en arabe, mais mon indic a vécu dix ans en Algérie.

– Vu.

– Et il enregistre le deal : aujourd'hui, dans dix minutes, Abdullah doit larguer 200 grammes de blanche virginale à deux connards pleins aux as. Dans l'arrière-salle des *Becs salés*.

– C'est une belle histoire. Passe-moi les gâteaux.

– Tu fais chier avec tes Pépitos.

– Ce ne sont pas des Pépitos, ce sont des petits LU.

– Et alors ?

– Si Zoé était là, elle t'expliquerait que l'absorption du LU lambda relève d'une sensualité torride. Tiens, regarde-le : comment tu le mangerais, toi ?

– Je mords dedans, comme un con de mouflet.

– Pas du tout. D'abord, du bout des dents tu croques les quatre coins. Ensuite tu mordilles tout le tour qui forme comme des petits châteaux de sable. Puis tu t'enfiles le reste comme un morfal et tu recommences avec le suivant.

– Me fais pas croire que ta fille mange ces gâteaux comme ça.

– Si. C'est une fille de soixante-huitard, elle marche dans la Beauté.

– Ben, mon vieux, je... merde, les voilà !

Trois hommes à contre-jour. Un gros barbu, Abdullah, un porte-flingue tunisien en couverture et deux mecs en pulls. Un Européen et un Black, mais les traits masqués par la pénombre. Ils s'engouffrèrent dans le café.

David consulta sa montre : 23 h 30.

– Ils sont à l'heure. Avance la caisse.

Weissner fit ronronner le moteur de la Renault et se rapprocha à une dizaine de mètres du carrefour ; la rue Myrha s'était vidée comme par enchantement. Seules deux putes africaines tapinaient sans vergogne, cinquante mètres en contrebas.

Weissner et Nolane sortirent sans bruit et se plaquèrent dans deux encoignures de portes de chaque côté de la rue. Nolane sortit son .45, vérifia le chargeur et libéra le cran de sûreté. Weissner chuchota dans la pénombre :

– On les serre tous à la sortie ou on prend chacun un groupe ?

– Tous ensemble, quand ils passeront dans la lumière.

Deux Arabes sans âge, portant des cageots de fruits, se hâtèrent au milieu de la chaussée. Nolane pensait à sa fille et Weissner à la mort. Le ciel jaunissait. Les néons de la nuit. La porte claqua, des chuchotements puis les quatre hommes se serrèrent la main.

Weissner – pantin hystérique – fusa comme un con au milieu de la chaussée, le flingue braqué.

– Police, mains en l'air !

Flottement chez les commerçants. Abdullah se recroquevilla. L'Européen fit jaillir une arme légère et balança deux pruneaux vers Carl qui blackboula sous l'impact. Nolane, un genou à terre et dans la pénombre, vida son chargeur sur le groupe. Il distingua la masse énorme d'Abdullah qui vacillait tel un Falstaff dopé, les autres n'étaient plus là.

David rechargea son arme et se pencha sur Weissner.

– Carl, j'appelle les toubibs, ça ira, mec ?

Weissner fit un effort surhumain pour ouvrir les yeux, puis bafouilla :

– David, l'indic c'est un…

Comme il prononçait le mot, une gerbe sanglante jaillit de ses lèvres, son corps se raidit puis il mourut.

David reposa son ami sur le bitume et fonça tête baissée vers le carrefour, le .45 au bout du bras. Une Peugeot d'un gris banal s'écarta du trottoir à trente mètres et, toutes lumières éteintes, fonça vers le boulevard. David ajusta trois projectiles sur le tas de ferraille.

Je fous en l'air l'argent des contribuables, se confia-t-il à mi-voix. Puis il pensa : Carl est mort. Il ne ressentit rien sur le coup. Ils avaient merdé, Carl était dans un trip John Wayne, mais c'était lui le plus ancien. Un sentiment de honte irrépressible lui broya le cœur peu à peu. Il sut à cet instant-là qu'il ne pourrait plus vivre normalement tant que ces salauds continueraient à courir les rues. Puis il enjamba le corps d'Abdullah et partit téléphoner aux flics. Comme tout le monde.

Le carrefour Myrha basculait dans un soap hollywoodien. Gyrophares, voitures officielles, ambulances. Dans la voiture de Serguine, le commissaire principal de David, le climat n'était pas au beau fixe. Serguine, cinquante-cinq ans, cheveux gris et cravaté à la va-vite, tendit son gobelet de café à Nolane.

– On aurait pu mettre les stups là-dessus, David, tu le sais bien.

– C'est notre territoire et ça se présentait plutôt cool. Weissner y croyait dur comme fer…

– Arrête. Carl a toujours été du genre casse-cou. C'était toi le plus ancien ; tu pouvais au moins me demander une équipe en couverture.

– Oui, mais sur le coup ça m'a paru faisable : Abdullah et deux glandus à serrer.

– Des pros, oui. C'est le Blanc qui a tiré ?

– Trente-cinq ans, baraqué, peut-être blond. Pour le calibre, je dirais un .38, une arme légère.

– Bon, David, tu vas y passer : l'IGS sera là dans dix minutes et je leur ai promis que tu pourrais faire une déposition dans la nuit. Maintenant, il faut s'entendre. Tu restes sur ton histoire de stups ou on leur chante une chanson différente.

– On reste sur la came. C'était une petite affaire et nous sommes dans notre arrondissement.

– Un kilo, ça commence à faire lourd.

– Je dirais 200 grammes.

– O.K. ! Maintenant il reste la corvée : prévenir Marie.

– Je m'en occupe.

– David… je te sens hypertendu. Dès demain, tu prends quinze jours de vacances.

– Et l'enquête ?

– Justement, tu es trop impliqué. Tu as confiance en moi, quand même ?

– Tu n'as jamais aimé Carl.

– Juste, mais c'est un flic et on fera le maximum. Occupe-toi de Marie.

David Nolane sortit lentement du véhicule. Il hésita entre utiliser un téléphone de voiture de service et une cabine publique. Se retrouver sur la fréquence « flicards » avec Marie en pleurs le révulsa. Il pénétra dans le cube de verre et composa le numéro de Weissner. Minuit quinze.

– Marie ?

– David, qu'est-ce que… c'est Carl ?

Il ne répondit pas, oppressé malgré lui.

La voix de Marie, détimbrée, chuchota dans l'appareil :

– C'est pas trop grave, hein David… il, il est blessé ?

Nolane se mordit le poing.

– Marie, je… Carl est mort.

Elle eut un hoquet, puis il comprit que le téléphone était tombé.

– Allô, Marie, allô…

– Qu'est-ce que vous avez dit à maman, pourquoi elle pleure ?

– C'est toi, Stéphane ? C'est David. Écoute, je passerai vous voir demain matin. Sois gentil avec ta maman.

Puis il raccrocha brutalement. Il composa dans la foulée son propre numéro. La voix pâteuse d'Élisabeth vint en ligne.

– J'espère que c'est important…

– Carl a été tué.

Elle ne répondit pas. Il perçut comme un sanglot au bout du fil.

– Élisabeth ?

– Oui.

– Nous étions ensemble, j'ai l'IGS au cul, ça va me prendre toute la nuit. Ne m'attends pas avant demain matin. Élisabeth ?

– Oui.

– Tu as compris ?

– Oui.

Il raccrocha. Épuisé par les deux communications, il pénétra dans les *Becs salés* et se fit servir trois tasses de café noir. Plusieurs flics de la brigade passèrent près de lui et lui chuchotèrent « On aura ces fumiers, David. » Il acquiesça machinalement. Serguine vint le chercher, l'IGS l'attendait au commissariat. Ils roulèrent en silence, puis Serguine se tourna vers Nolane :

– David, tu ne sens rien de spécial dans tout ce merdier qui pourrait nous aider ?

– L'indic. Carl n'a pas voulu lâcher le nom de son indic, ça ne lui ressemblait pas.

– Un mec protégé, une huile ?

– J'en sais rien. Un flic, peut-être…

Serguine soupira.

– L'ennui avec toi, David, c'est que tu n'as jamais pu blairer les flics.

– J'ai pris suffisamment de coups de crosse dans la gueule en soixante-huit pour savoir à qui j'ai affaire.

– C'étaient des CRS.

– Ils sont tous pareils, tu le sais très bien.

– O.K., O.K., mais ce genre de conneries tu les gardes pour toi. Ils n'aimeraient pas entendre ça à l'IGS.

3

Sept heures du matin. Barbès se réchauffait au soleil voilé de décembre. Nolane s'étira à la porte du commissariat. Un sourire incongru lui vint aux lèvres : l'un des deux flics de l'IGS avait passé trois ans avec lui dans une voiture de ronde à Aulnay. Chavannes et lui s'étaient sauvé mutuellement cinq fois la vie. L'IGS ne bougerait pas, Chavannes l'avait promis : « Je m'en occupe PERSONNELLEMENT, David. »

Nolane emprunta la Clio de service et infiltra lentement les petites rues jouxtant la Goutte d'Or sous le regard torve des commerçants occupés à déplier leurs éventaires. Puis il mit le cap sur le 52, rue des Grilles à Pantin pour retrouver le pavillon dont il aurait fini de régler les traites en mille neuf cent quatre-vingt-dix-neuf.

Une brume légère engluait la courette. Il poussa la porte et gagna directement la chambre à coucher. Le lit était fait, la chambre pliée au cordeau. Ensuqué, il fit le tour des pièces en bêlant « Élisabeth » de temps à autre. Puis il aperçut la lettre posée bien en évidence sur la table de la salle à manger. Élisabeth avait inscrit de sa petite écriture policée ce seul mot : *David*, au centre du rectangle.

Il décacheta l'enveloppe.

David,

Je pourrais te raconter des histoires mais autant te dire la vérité, c'est plus simple. Je suis amoureuse de

Carl depuis deux ans, nous avons eu une petite aventure, mais « l'amitié virile », comme on dit, lui interdisait d'aller plus loin. Si j'ai continué à vivre avec toi, c'était pour rester plus près de lui. Sa mort ne m'étonne même pas : c'était un suicidaire. J'ai appelé Serguine pour savoir comment ça s'était passé et j'ai tout compris. Tu étais son dieu. En jouant les cow-boys il a voulu t'épater, te montrer que lui aussi était au top niveau. S'il avait su comme j'en avais ma claque des héros... Évidemment plus rien ne me retient ici. Je pars. Pour toujours. En ce qui concerne Zoé, tu fais comme tu veux. Ne dis rien à Marie. Et comme on criait à vingt ans, quand je t'aimais encore :

Viva la muerte !

Élisabeth

Nolane posa la lettre et se laissa tomber sur une chaise. Son regard accrocha une bouteille de Cutty Sark esseulée dans la cuisine. Il fit trois pas, rafla la bouteille et se servit un whisky bien tassé. Puis un autre. Et encore un autre. Le sommeil le faucha dans sa grande mansuétude. David Nolane roula sous la table, ce samedi matin 13 décembre. À quelques kilomètres de Pantin, les hommes de Serguine ratissaient Barbès, éjectaient les indics de leurs plumards, raflaient les travelos par paquets de cinq, tous requis pour une interview résumée à une seule question : « Parle-moi d'Abdullah, fils de pute ! »

David Nolane picola deux jours durant. Le dimanche soir, Babar, un ex-camé militant à la Porte Magique – une association d'aide aux drogués –, pointa le nez rue des Grilles. Il mit le poids de ses cent kilos pour ouvrir le portail. C'était un homme de cinquante ans, cheveux hirsutes, barbe en bataille qui respirait la sérénité par tous les pores de la peau. Frôler la mort de trop près vous rend comme ça, paraît-il.

Babar prit un cruchon d'eau dans la cuisine et balança le contenu à la tête de Nolane. Celui-ci, au prix d'un gros effort, ouvrit les yeux sur la bouille épanouie de son ami et balbutia :

– Café.

Babar s'y colla. Café et re-café. Ils étaient installés autour d'une table de Formica *sixties* dans la petite cuisine des Nolane.

– Bon alors, David, qu'est-ce qui t'arrive ?

Nolane extirpa de sa poche la lettre d'Élisabeth et la tendit au junk repenti. Babar la lut rapidement.

– C'est la mort de Carl ou le départ d'Élisabeth qui te met dans cet état ?

– Carl surtout. J'étais à deux mètres de lui quand il a été tué. J'ai été surpris, il aurait fallu le couvrir tout de suite. On bossait ensemble depuis cinq ans, tu sais. Pour Élisabeth, c'est différent. Comme tous les anars et les maos qui vieillissent mal, on était condamnés. Dans tout ce merdier je trouve plutôt bien que Carl ait stoppé cette conne dans son remake de *Back Street*.

– J'en ai terriblement voulu à Élisabeth quand elle a fait interner Zoé...

– Je sais, mais il fallait bien marquer le coup, elle a quand même tenté de tuer sa mère. J'espère qu'à la clinique elle va lâcher la came.

– Ça m'étonnerait. Il existe des deals à tous les niveaux dans ces cliniques privées. Si elle replonge pas à l'héroïne, ce sera le crack, le speed ou Dieu sait quoi.

– Si je la ramène ici, tu pourrais la prendre en mains pour la dope ?

– Ça peut se faire. Elle m'aime bien, je crois.

– C'est toujours les femmes qui foutent la merde dans les groupes. Tiens, regarde les Beatles !

– Je l'attendais, celle-là.

– Quand Yoko a ramené sa science, c'était sur *Let it be*, non ?

– Plus tôt, je crois.

– Bon, les mecs étaient O.K. et cette petite merdeuse nyakoué demande à assister à toutes les répéts avec l'accord de John. Tu imagines la tête de Paul ?

– Remarque, il n'a pas fait mieux avec Linda.

– Paul a toujours aimé le pognon…

– D'accord, mais il aurait pu trouver une fille de milliardaire qui sache tenir ces putains de claviers, martela Babar.

– C'est vrai, c'est vrai. Mais Yoko, c'était vraiment le mal jaune pour John. Je ne pardonnerai jamais à Lennon *How do you sleep*.

– Celle où il accuse Paul de n'avoir composé que *Yesterday* ?

– C'est ça, je suis sûr que cette salope asiatique a écrit les paroles.

– Et le bed-in, tu te rappelles le bed-in avec ce con d'Al Capp en facho de service…

– J'ai cru mourir. Là, le rock' n roll s'est ridiculisé à jamais.

– C'est Yoko qui a fait emménager John au Dakota. Lui, il se plaisait à Soho.

– Ce mec était un artiste.

– Tu connais l'histoire de leur rencontre ?

– Dans une galerie, non ?

– Oui, elle exposait et au plafond il y avait une toile avec un mot minuscule au centre, et tu lisais avec une loupe le mot YES. John, ça l'a tué de rencontrer quelqu'un d'aussi positif. Il s'attendait plutôt à lire « Enculé de ta mère »… Linda n'aurait pas été aussi mauvaise que ça, non ?

– David, Linda est une VRAIE photographe, pas

une niqueuse de mouches comme Ono. Elle est jaune et elle dort toute seule, bien fait pour sa tronche.

– Finalement, je hais les femmes.

– J'aime bien Zoé.

– Zoé n'est pas une femme, c'est ma fille. Au fait, tu as entendu parler de l'enterrement de Weissner ?

– Tu t'es réveillé trop tard, David. Ils ont renvoyé son corps en Allemagne, on l'enterre demain.

– En Allemagne ? Et Marie, qu'est-ce qu'elle en dit ?

– Je l'ai eue au téléphone ce matin. Carl avait rédigé un testament comme quoi il voulait reposer près de son vieux à Francfort. Du coup, elle a pris l'avion cet après-midi avec Stéphane. Elle m'a dit un truc : « Tu diras à David qu'il n'a pas besoin de culpabiliser pendant dix ans. Mais qu'il retrouve le tueur et, alors, pas de jugement, une balle dans la tête. » Elle a toujours été un peu excessive.

– Je vais appeler Serguine pour savoir si ça avance.

– Je file. Appelle-moi pour Zoé.

4

Dans le réfectoire de la clinique, l'ambiance était carrément explosive. Sur scène, un trio de malades débitait du Sonny Rollins revisité par George Clinton. Zoé tenait les drums, cheveux teints en orange, tee-shirt léopard et une Yamaha de compétition contre les genoux. Salomon, un type de vingt-cinq ans au cou de héron, le crâne déplumé et sanglé dans un costume de pasteur méthodiste, s'envolait sur *Stode Rode*, faisant pleurer et mugir son ténor avec une facilité déconcertante. Le bassiste était camé jusqu'aux yeux et ressemblait au chanteur des Garçons Bouchers. Soixante-dix malades, encadrés par une dizaine d'infirmiers partisans de la gonflette, hurlaient à la mort, se balançant au visage des mille-feuilles qu'une main malheureuse avait disposés amoureusement sur des tablettes réparties en quinconce dans la salle. Sans parler du Coca, qui jaillissait des bouteilles de plastique en geysers bouillonnants. Bref, c'était tout à fait sympa et le groupe était géant.

C'est la réflexion que se fit Fabulous en pensant aux doses monstrueuses de Halopéridol qu'il allait falloir refiler à cette bande de tarés pour les calmer. Le téléphone tinta dans le couloir derrière lui. Il décrocha, écouta et demanda d'attendre. Le réfectoire se vidait peu à peu. Fabulous fit signe à Zoé. La jeune fille, baguettes à la main, se rapprocha.

– Oui ?

– Ton père au téléphone.

Elle sautilla jusqu'au combiné.

– David, on vient de sortir un concert absolument géant. Rollins et Miles, le top niveau.

– Ils t'ont trouvé des drums ?

– Beucler s'est démerdé. Quelles nouvelles de la Vraie Vie ?

– Deux : une bonne et une mauvaise. Je commence par quoi ?

– J'aime quand ça finit bien.

– Carl s'est fait descendre, il est mort.

– Merde, le seul mec que j'écrasais au flipper. Non, je déconne, ça me fait de la peine. Tu étais sur le coup ?

– À deux mètres. J'aurai la peau de l'enculé qui l'a tué.

– C'était quoi ?

– La came, qu'est-ce que tu crois ?

– Pas la peine de me le dire sur ce ton-là, plein d'allusions.

– Bon, bon, ça va. La bonne, maintenant : Élisabeth s'est tirée. Elle ne reviendra plus.

Silence sur la ligne. La voix tremblante, elle murmura :

– En quoi est-ce une bonne nouvelle ?

– Tu veux rentrer à la maison ?

– Il te faut combien pour arriver ici ?

– Quarante minutes.

– Je suis déjà prête.

– Bon, j'arrive.

– David ?

– Hum…

– T'es mon vieux préféré.

Et Zoé rentra dans Pantin par la grande porte. Elle avait tapé Fabulous d'une ration d'héroïne de survie et quand le Mal la taraudait, elle descendait à la cave se fixer. David, entre deux vins, n'y vit que du feu les premiers jours. Il décida de se faire discret et – la rage au cœur – entreprit de mener, durant ses vacances obligatoires, une enquête parallèle à celle de ses collègues. Samantha, la barmaid des *Becs salés*, fut incapable de décrire le Noir, mais le blond était mal rasé, portait les cheveux longs et n'arborait aucune balafre sur le visage. Quant à Abdullah, Nolane aurait pu écrire un roman sur la vie du dealer de Belleville qui, en fait, régnait également sur la Goutte d'Or. Plein aux as, il pouvait payer des avocats nickel qui le sortaient sous caution des rares pétrins dans lesquels il apparaissait à visage découvert. Une armée de larbins bons pour l'équarrissage se chargeait d'effectuer à sa place les siècles de prison qui lui incombaient.

David frappa chez Marie le mercredi matin. La jeune femme – trente-cinq ans, les cheveux tirés en arrière – fixa Nolane, puis une larme incongrue déserta son œil droit. Elle se laissa choir dans les bras du flic. Ils rentrèrent ainsi dans la maison tel un saurien pataud à deux têtes.

– Bon Dieu, c'était pas le meilleur mec, mais c'est fou ce qu'il me manque.

– Marie, toutes les conneries que je pourrais te raconter ne serviront à rien. Carl est mort. Il a pris des risques complètement dingues mais j'ai réagi avec deux secondes de retard. Je m'en veux, tu sais.

– Si toi tu n'as pas pu le sauver, personne n'aurait pu le faire. C'était un môme, David.

– Je sais. En revanche, l'affaire qu'il nous a sortie sur un plateau, c'était pas un rêve de gosse. Il t'en a parlé ?

Elle ne répondit pas tout de suite, ébouriffa la tête de Stéphane, un gamin de huit ans à l'air grave, et mit la cafetière en marche dans la cuisine américaine.

– Oui et non. Il parlait d'un indic qu'il tenait par la peau des couilles. Un mec qui lui devait quelque chose.

– Un petit truand, un mac ?

– Non, je dirais plutôt un gros poisson piégé par une erreur, un truc comme ça.

– Comment il l'appelait ?

– Pour déconner, il disait « Gorge profonde », comme dans l'affaire du Watergate.

– Ouais, plutôt un officiel.

– Je pense.

– Et pas un mot sur l'affaire elle-même ?

– Non, je sais qu'il s'agissait d'un deal, mais c'est tout.

– Tu as dit tout ça aux flics, Marie ?

– Ils ne m'ont rien demandé. Ils ont apporté des fleurs et une enveloppe avec le produit de la quête. J'ai acheté un grille-pain avec.

Elle éclata en sanglots.

David la prit par les épaules et la conduisit près d'une fenêtre qui surplombait Bagnolet. Ils restèrent ainsi, en silence, à contempler la circulation automobile en contrebas. Des gosses tapaient dans un pauvre ballon de foot autour des tas de sable et trois Tunisiens étaient plongés dans un deal de crack, avachis sur des bancs tels des rastaquouères affranchis.

– Marie... Élisabeth est partie.

Elle leva un regard étonné vers le flic qui frôlait les cent quatre-vingt-cinq centimètres et s'essuya les yeux d'un revers de main.

– Mais... pourquoi ?

– Elle aimait Carl, Carl est mort, elle se tire... Rassure-toi, tu n'as pas été trahie. La seule bonne chose qui émerge de ce naufrage, c'est le retour de Zoé. Je suis allé la chercher dimanche à la clinique.

– Élisabeth et Carl ? Merde alors, je n'ai rien vu. Et toi ?

– Moi non plus. Carl lui a dit de se calmer, c'est ce qu'il faut dire aux mémères ménopausées.

– Arrête, David, tu n'as jamais pensé ça d'Élisabeth.

– Je ne sais pas, je ne sais plus rien. J'ai recommencé à picoler.

– Zoé se shoote toujours ?

– Comme elle n'en parle jamais, je pense que oui. Un drogué en manque, on lit la souffrance sur son visage. Zoé est cool, on dirait une opérée de l'appendicite qui se refait une santé au steak tartare et aux saucisses-frites. En fait, j'en ai parlé à Babar Minet, il va la prendre en charge et l'emmener à des réunions d'ex-camés. Ils racontent leurs efforts pour se sortir de la drogue et se réconfortent les uns les autres. C'est une sorte de thérapie collective. Tu connais ?

– Oui, c'est à Château Rouge. J'ai lu un truc là-dessus. David, on a proposé du crack à Stéphane, tu peux faire quelque chose ?

– Quelle école ?

– Rue des Minimes.

– J'irai distribuer quelques claques à la sortie. Bon, j'y vais. Marie, si tu te rappelles quelque chose concernant ce deal dont parlait Carl, tu m'appelles, O.K. ?

Elle fit oui avec la tête en serrant les lèvres pour ne pas pleurer. Puis prononça bizarrement :

– David, tu crois que je peux encore plaire à un homme ?

Il la regarda sans sourire.

– Si personne ne se présente dans l'année qui vient, je t'épouserai.

Puis il claqua la porte et sortit dans la lumière.

Le lendemain, Nolane invita Babar Minet à dîner et Zoé se mit en chasse de musiciens. Tous ses vieux contacts lui indiquèrent un sax nerveux et déjanté qui survivait dans une HLM de Bagnolet, place de la Résistance. Elle récupéra dans la cave son vieux scooter et mit le cap sur le quartier Malassis. Quand elle sonna chez Christian Pochot, elle fut étonnée d'emblée : personne ne l'avait prévenue qu'il était noir. Sanglé dans un blouson de cuir supportant une cinquantaine de badges, il arborait une bonne humeur incongrue chez un jazzman et une voix légèrement cassée. Elle comprit rapidement pourquoi cette voix était cassée quand le musicien commença à hurler à ses trois gosses – dont les âges oscillaient entre cinq et dix ans – de la boucler et de lui FOUTRE LA PAIX, NOM DE DIEU.

– Heu, ils ne vont pas à l'école ? s'inquiéta Zoé.

– C'est mercredi, ma biche, une journée terrible pour l'homme. Ma copine bosse à Montreuil, les gosses sont capables d'aller dealer du crack au square, alors c'est ma pomme qui se coltine le sale boulot. Un Ricard ?

– Non, merci.

– Tu ne bois pas ?

– J'essaie. En fait je prends des médicaments et ça me double l'effet si je picole.

– O.K., moi je ne prends pas de médicaments.

Il se servit une large rasade de Ricard.

– Alors, comme ça, tu cherches un sax ?

– Je voudrais monter un trio : drums, sax et basse. J'ai joué en trio pendant un an et ça fonctionnait.

– Avec qui tu as joué ?

– Un ténor qui s'appelle Salomon.

– Salomon ? Mais il est chez les dingues !

– J'y étais aussi.

– Attends, Zoé Nolane, ouais j'y suis, t'es la môme qui a essayé de flinguer sa mère, c'est ça ?

– À peu près.

– Comment t'as fait pour sortir ?

– Ma mère a quitté mon père et il s'est porté garant pour moi.

– T'as l'air normale, remarque.

– Ne t'y fie pas trop.

– Ah ouais, Zoé Nolane…

Ça le laissait rêveur, Pochot. Il n'en revenait pas, pour tout dire. Une idée le frappa brutalement.

– Hé, t'as pas enregistré une session avec Gordon, juste avant sa mort ?

– Si, j'avais seize ans.

– O.K., O.K. Écoute, moi je suis libre en ce moment mais je dois rentrer de la thune. J'avais un job de poseur de moquette à mi-temps et on vient de me lourder. Faudrait trouver un engagement qui fasse rentrer la thune, ma puce.

– Je peux m'en occuper. Il faut trouver un bassiste également.

– Ça c'est facile. Je connais un mec, son nom c'est Richard Bimbo – un sale Nègre, comme moi – qui jouait sur les premiers titres de Danger Zone, mais qui s'est fait virer pour une histoire de dope. Il joue plutôt groove, acid jazz. Ça t'irait ?

– Pourquoi pas ? Au fait, tu ne parles pas musique, ça m'étonne un peu.

– J'ai pas besoin, Salomon est un copain et il m'a écrit à ton sujet. Tu fais comme Marsalis, tu ressors tous les trésors du bop et tu remixes tout ça avec un doigt d'acide, de la world, de la musique africaine. Moi je trouve ça plutôt sympa, j'aime pas la musique trop écrite et figée.

– Qu'est-ce que tu penses de Joshua Redman ?

– Surcoté. Si on veut rester classicos, Barney Wilen est meilleur que tous ces nouveaux trous-du-cul.

– Bon, on se résume, tu contactes ton bassiste et j'essaye de trouver un club avec un engagement bétonné.

– C'est ça. T'as des drums ?

– Non, va falloir que j'en emprunte.

– Heu, ça m'embête de te parler de ça, mais t'en es où avec la dope ?

– J'essaye de lâcher. C'est dur, très dur.

– Tu vas claquer un pognon fou avec cette saloperie.

– Ça, c'est mon truc, Pochot.

– Houlala, nerveuse, la mémé. Reste cool, ma sœur, on discute c'est tout, t'es pas chez les flics.

Finalement, elle se leva en souriant. Ce type lui plaisait. Elle allait trouver ce club, il le fallait à tout prix.

Un peu plus tard, au cours du dîner avec David et Babar, elle posa carrément la question à Minet qui s'empiffrait de pâtes au roquefort.

– Babar, je monte un trio de jazz et il me faut un club ou une petite salle qui casque. Tu vois ça ?

– Bercy, ça t'irait ?

– Pauvre con.

– J'ai toujours adoré ton humour dévastateur.

– Tu pourrais chercher un VRAI boulot, pour une fois, s'interposa David, vaguement inquiet.

Elle fusilla son père du regard. Il se le tint pour dit. Babar réfléchissait.

– Attends voir, il y a une petite boîte pas mal, l'*Utopia*, porte de Clignancourt. Une scène, les mecs debout et un bar au fond. C'est plutôt rock mais ils ont déjà programmé de l'acid jazz et du funk. Ça pourrait peut-être coller.

– Qui dirige ?

– Un certain Borelli, il roule en Mercedes et à mon avis, il vend pas des biberons.

– Ça, on s'en fout, du moment qu'il est réglo.

– Passe le voir, c'est tout au bout du boulevard Barbès, à cinquante mètres de la porte de Clignancourt.

– D'accord, j'irai.

David s'interposa.

– Tu n'as pas quelque chose à proposer à Zoé ?

– Ah oui ! Je suis l'un des animateurs de la Porte Magique. C'est une association d'ex-camés et de gens qui essaient de stopper. On se réunit et on parle désintoxe, le but de l'opération consiste à ne pas laisser les junkies tout seuls dans leur coin avec leur problème de dope mais de gérer le sujet collectivement.

Elle ne répondit rien sur le coup. Elle pencha ses cheveux orange vers son assiette en tirant ses tagliatelles avec sa fourchette. Puis elle releva la tête. Ses yeux étaient rouges, au bord des larmes.

– David… je, j'ai caché…

– Je sais. Tu es ma fille, Zoé.

Elle se leva de table et plongea sa tête contre les épaules de son père. Elle dut produire un effort surhumain pour ne pas pleurer. David lui caressa les cheveux en silence. Babar observait la scène, intéressé. Sans se tourner vers Babar, elle cracha plus qu'elle ne répondit :

– D'accord, Babar, on ira à ces conneries de réunions. Sortez-moi de là, bordel !

– On y arrivera, chérie, on y arrivera, murmura David.

Puis pour se changer les idées, ils regardèrent un match de foot à la télévision.

5

Le lendemain soir, Zoé fit son entrée derrière Babar Minet à la Porte Magique, rue Doudeauville, dans le XVIIIe arrondissement. Vingt-cinq à trente personnes de quinze à soixante-cinq ans se pressaient autour d'une cafetière électrique puis, nantis d'un gobelet, retournaient s'asseoir sur des chaises pliantes disposées un peu n'importe comment. Derrière une petite table, le responsable de séance, un barbu fatigué – offrant une certaine ressemblance avec Jerry Garcia, du Grateful Dead – frappa dans ses mains.

– Allez, les amis, on commence.

Zoé prit place comme les autres sur une chaise branlante.

– Qui veut prendre la parole ?

Deux ou trois adultes d'une trentaine d'années commencèrent à parler de leurs efforts, des doses affaiblies qu'ils s'enfilaient quotidiennement. L'un d'eux prononça le mot Méthadone et la salle entière le siffla tel un mauvais acteur. L'animateur intervint :

– Tout est bon pour s'en sortir. Même la Méthadone. Il est prouvé que sur certains organismes c'est efficace. Qui veut prendre la parole ?

Un gosse de seize ans leva la main vivement.

– Moi j'veux parler parce que je viens ici pour la troisième fois et c'est toujours la même merde.

– Tu n'arrives pas à diminuer tes doses ?

– Non, j'arrive pas, putain. Hier, j'étais carrément en train de crever dans ma piaule alors j'ai pris ma seringue, je me suis pompé quelques centilitres et je suis sorti dans la rue. Devant un distributeur automatique de billets, j'ai agrafé un pépère qui empilait ses biftons, j'ai sorti ma seringue et j'lui ai dit : « J'ai le sida, connard, alors, aboule ton fric ou j'te fais ta dernière piquouze. » Le mec, il m'a filé sa thune et il s'est tiré vite fait. Avec l'argent je me suis pris trois paquets…

– Jean-Marie, je t'arrête : tu n'es pas séropositif, n'est-ce pas ?

– Ben, non, je fais gaffe.

– Avec cette agression et ce chantage au sida, tu n'as pas l'impression d'insulter la mémoire de tous ceux qui meurent de cette maladie ?

– J'en sais rien, mais en tout cas, ça fonctionne.

Ils voulurent tous parler en même temps. Zoé croisa le regard du jeune homme, désemparé, prêt pour l'abattoir. Elle sut dans l'instant qu'elle devait s'arrêter pour ne pas glisser dans l'enfer quotidien de ce gamin. Babar lui prit la main.

– C'est pas trop dur ?

– Non, c'est une bonne leçon. Je reviendrai.

La séance terminée, ils quittèrent la salle en ordre dispersé. Deux amis de Babar leur proposèrent de boire un café à Château Rouge. Zoé accepta. Elle ne vit pas dans l'encoignure d'un supermarché le regard brûlant de son père. Ému, Nolane contempla longuement cette fille qui s'accrochait à la vie, tournant délibérément le dos au nirvana factice, une caricature de l'enfer.

Puis il pensa à Weissner et ses idées noires reprirent le dessus. Il décida d'appeler Serguine dans l'instant.

– Commissaire ? C'est David.

– Bon Dieu, David, tu as vu l'heure ?

– Je sais mais ça m'a pris comme ça. Comment ça avance sur le meurtre de Weissner ?

Serguine soupira.

– Attends une seconde, je te prends dans la salle à manger.

Puis il revint en ligne.

– On connaît toute la vie d'Abdullah, ça c'est sûr. Sur ce deal, rien. J'ai essayé de faire parler l'un des deux hommes que l'indic de Carl a entendus au café, mais le type n'a aucune idée de l'identité des clients. Ce deal a été complètement noyauté par Abdullah lui-même. On a lancé un avis de recherche sur toutes les Peugeot grises, sans résultat pour le moment.

– Et l'indic ?

– On le trouvera, mais à la fin de l'enquête. Pour le moment on n'a rien, David, je sais que c'est dur pour toi mais il faut avouer qu'on piétine.

– Je commence à me lasser des vacances.

– Il te reste une huitaine de jours, je préfère te savoir chez toi plutôt qu'ici à nous prendre la tête du matin au soir.

– O.K. ! Bonsoir, commissaire.

Ils raccrochèrent en même temps.

Le lendemain à midi, Zoé décida de visiter Borelli et surtout d'aller jeter un œil sur l'*Utopia*. Elle se passa un rouge à lèvres bleu nuit sur les lèvres et s'aspergea d'eau d'Issey.

L'*Utopia* était manifestement une ancienne petite salle de cinéma retapée. Pas de gardien, rien. Elle pénétra dans les lieux : pas de balcon, une salle en demi-lune sans sièges, une estrade, et au fond un bar qui prenait toute la largeur du local. On devait pouvoir entasser ici cent cinquante personnes par soirée.

Une voix dans son dos la fit sursauter :

– Vous cherchez quelque chose ?

Son regard croisa celui d'un Espagnol, maigre, à l'œil mauvais. Elle se fit aimable.

– Je voudrais parler à monsieur Borelli.

– C'est pour quoi ?

– Je lui dirai quand je le verrai. Vous savez où je peux le trouver ?

– Il mange dans la pizzéria à côté.

– Vous croyez que je peux ?

– Suivez-moi.

Borelli était un gros bonhomme de quarante-cinq ans, adipeux, aux lèvres de babouin, portant des bretelles représentant le drapeau américain sur une chemise blanche immaculée.

– Tu m'amènes de la distraction, Diego ?

– Cette fille veut vous parler, monsieur Borelli.

– Asseyez-vous, mademoiselle…

– Zoé Nolane.

– Nolane ? Vous êtes de la famille du policier ?

– Je suis sa fille.

– Ah oui… J'ai entendu parler de votre histoire. Vous savez, à Barbès, les murs ont des oreilles. Qu'est-ce qui vous amène ?

– Je viens de former un trio de jazz proche de l'acid jazz…

– J'y connais rien, en vérité.

– Bon, ben, c'est un jazz qui balance avec un bon feeling, pas de la musique hyperchiante à laquelle personne ne comprend rien.

– Pigé !

– Il nous faut une salle pour répéter, quinze mille francs pour acheter une batterie et la possibilité de faire nos preuves sur plusieurs soirs.

Borelli essuya les zébrures de ketchup maculant son visage.

– Ça fait beaucoup de choses…

– Je sais. Mais les quinze mille, on remboursera, évidemment.

Borelli se prit à réfléchir. Cet exercice boursouflait ses joues et réduisait ses yeux à deux fentes noires indéchiffrables.

– Vous avez lâché la came ?

– J'essaie de décrocher. Quel rapport ?

– Je peux faire pour vous tout ce que vous me proposez mais en échange, je vous demande un service : vous me remplacez un dealer sur Barbès pendant un mois.

– Je ne fais pas ce genre de boulot.

Diego se mit à sourire dans la pénombre du restaurant. Borelli insista :

– Si. Les drogués connaissent la came et ils font les meilleurs dealers sur le marché. Ma marchandise est propre et puis c'est juste un remplacement. Mon gars est tunisien et il est parti passer un mois dans son pays. Je peux te tutoyer ?

Elle fit oui de la tête, brièvement, et demanda :

– Pourquoi moi ?

– Parce que, en cas de coup dur, ton père te couvrira.

– Ne mêlez pas David à ça. Ce que vous me demandez n'a pas de sens. D'un côté, j'essaie de décrocher et de l'autre je distribuerais cette merde aux foules en délire !

– Tu vois mal le truc. Un, tu es malade et tu vas t'en sortir. Deux, je te propose de remplacer un petit commerçant.

Elle se mordit la lèvre, tourmentée.

– Je ne sais pas quoi dire, faut que j'y pense. Je peux vous joindre ?

– À l'*Utopia*, on sait toujours où me trouver. Me fais pas trop lanterner, les amateurs ne manquent pas.

– Les quinze mille, vous pourriez les sortir rapidement ?

– Dans la journée !

– Je vous recontacte.

Là-dessus, elle fit un signe de tête aux deux hommes et quitta l'établissement.

Borelli, sans se tourner vers l'Espagnol, s'informa :

– Alors, Diego, comment tu la sens ?

– Je peux pas la blairer. Une petite merdeuse intello, elle sait pas ce qu'elle veut et en plus son père est le plus grand flic de Barbès.

– Pas si grand que ça. Weissner est mort sous ses yeux.

– O.K., mais je l'ai vu serrer des cadors, ce mec est hyperdangereux.

– Tu connais l'histoire de la gosse ?

– Oui, mais ça change rien.

– Remarque, si ça se trouve, son groupe est superbon et je vais me faire des couilles en or.

– C'est le seul truc dont je suis sûr : elle joue mieux des drums que tous les mecs qu'on connaît.

– Allez, elle me plaît cette gamine. Si elle se décide, on la prend.

– Elle sait déjà qu'elle va accepter. C'est le genre à se mortifier devant sa glace avant de dire oui.

– Je te trouve bien acerbe, Diego. Tiens, prends des raviolis.

L'Espagnol haussa les épaules et en grognant un « non merci » sortit sur le boulevard alors que, dans son dos, Borelli éclatait d'un rire sonore.

6

Le soir même, Babar et Zoé se retrouvèrent directement au métro Château Rouge. Ils firent quelques pas pour gagner la Porte Magique sous l'œil impavide d'une trentaine de CRS confinés dans deux cars surchauffés. À trente mètres de là, deux joueurs de bonneteau, pas gênés, attiraient la foule des grands jours. À la Porte, le groupe était plus restreint que la dernière fois. Plus jeune aussi.

L'animateur de la soirée était un ex-flic que Zoé connaissait vaguement pour l'avoir croisé avec son père. Il avait plongé dans la coke trois ans plus tôt, l'IGS avait enquêté et la direction l'avait suspendu. Finalement réintégré après une cure de désintoxe, il donnait un coup de main à ceux qui piétinaient de l'autre côté de la barrière. Il leva la tête vers une jeune femme brune aux yeux très pâles.

– Tu voulais parler, Marie ?

– Ouais, je me shoote plus qu'un jour sur deux. Mais bon Dieu, j'en bave un max.

Les autres applaudirent presque, tapèrent dans le dos de la fille, lui crièrent des encouragements.

Babar chuchota à l'oreille de Zoé :

– C'est une copine, j'ai été son parrain au début, comme pour toi. Il va falloir que tu apprennes à venir toute seule, ma cocotte. C'est ça aussi la thérapie : prendre la décision d'y aller soi-même.

– Je sais, Babar, je viendrai seule la prochaine fois.

Le regard du flic balaya la salle, encourageant les uns et les autres à prendre la parole.

Il s'attarda sur Zoé.

– Zoé, pas envie de parler ?

Elle piqua un fard puis, d'une voix légèrement cassée, prit la parole.

– Je carbure à l'héro et je suis en train de diminuer mes doses. Un jour, ça fait deux ans de ça, j'étais seule à la maison et je m'étais mitonné un speedball. Je suis montée très haut mais la descente a été terrible. Ma mère est rentrée à la maison. J'étais déprimée, hyper-agressive, alors j'ai pris le flingue de mon père et j'ai tiré sur ma propre mère qui me faisait la morale. Elle a eu l'épaule arrachée. Voilà où la came peut vous entraîner, c'est la pire merde qu'on ait inventée.

– Et après, que s'est-il passé, Zoé ?

– On m'a internée dans une clinique psychiatrique, mais j'étais pas dingue, seulement une conne de junkie. Là-bas, les infirmiers fournissent la dope, comme ça ils n'ont pas à s'occuper de désintoxe.

– Et ta mère ?

– Elle s'est tirée, mais pas pour ça. J'ai connu un mec à la clinique qui carburait au crack : cinq pipes par jour. Il avait tué sa mère qui lui refusait du fric. Le crack rend fou, méfiez-vous de cette saloperie.

– Bien, Zoé. Tu as réussi à sauter un jour par-ci, par-là ?

– Oui, je vais essayer de couper la came de plus en plus.

– Ça peut marcher, certains ici le font aussi. Bon, personne n'a une bonne histoire à raconter avant que l'on se sépare ?

Un mec de quarante, quarante-cinq ans leva la main. Son nom complet était Dubois, mais tout le monde lui disait Boboss. Ses cheveux longs grisonnaient et son ventre boursouflé indiquait un buveur de bière. Il raconta de façon très comique qu'un soir, complètement stoned, ils avaient décidé, avec un copain, de cambrioler une maison dans une ville du Sud. Ils pénétrèrent facilement au rez-de-chaussée mais oublièrent le premier étage où dormaient les propriétaires qui n'étaient pas encore partis en vacances. Ceux-ci téléphonèrent aux flics qui cueillirent nos deux compères les bras chargés de CD et de cassettes vidéo. Pendant les trois mois de prison qu'il effectua à Perpignan, les gars des autres cellules – connaissant sa mésaventure – lui proposaient une came qui te faisait tellement planer que tu pouvais braquer l'Élysée et le Panthéon dans la foulée.

Zoé, comme les autres, éclata de rire. Elle se plaisait avec ces gens. Aucun d'entre eux ne la ramenait, tous connaissaient la souffrance du manque, la guerre à mort contre le MAL.

Elle rentra à pied à Pantin. Ça lui prit une heure un quart. En arrivant au 52 elle sut qu'il lui fallait un projet pour arriver à décrocher. Elle dirait oui à Borelli, c'était le seul moyen de s'en sortir. Une véritable tempête ronflait sous son crâne. Elle serra les poings qui dépassaient de son blouson noir, pénétra dans la maison. David dormait devant la télé allumée. Elle composa le numéro de l'*Utopia* et jeta un coup d'œil au réveil, 11 h 30. C'est Diego qui répondit.

– L'*Utopia.*

– Zoé Nolane. Vous direz à Borelli que c'est d'accord. Il me faut les quinze mille demain midi.

– C'est lui qui donne les ordres, pas toi.

– Je t'emmerde, l'Espingo. Je veux le fric à midi et je commencerai le soir même la tournée des camés.

– Avec ta grande gueule, t'iras pas loin.

– Crève.

Là-dessus, elle raccrocha, éteignit la télé, déposa une couverture sur le corps ankylosé de son père. Elle ne pourrait jamais lui dire pour le deal. Mais Babar comprendrait peut-être. Puis elle passa dans sa chambre, se déshabilla et contempla devant la glace son corps gracile et ses poignets musclés. « Il me faudrait un mec », murmura-t-elle.

Elle haussa les épaules. Un problème à la fois était suffisant. Elle s'allongea sur son lit, l'air était chaud et humide à la fois. Elle s'endormit sans fermer la lumière.

Borelli tint parole : il paya les quinze mille francs en liquide. Zoé passa un coup de fil à Pochot et lui donna rendez-vous à Pigalle devant une boutique spécialisée dans les drums pour l'aider à transbahuter son matériel. Le musicien noir gara sur les chapeaux de roues une antique 403 jaune sale face au magasin. Sa tête, fendue d'un rire hilare, amena un sourire sur les lèvres de Zoé.

– T'as l'air en forme, mec !

– J'ai Bimbo, t'as la salle. On est des superpointures, Zoé. Le jazz hexagonal va trembler.

– En attendant, je dois m'acheter les drums. Depuis deux ans je n'ai rien suivi, il y a du nouveau ?

– Bof… Tama, Yamaha, Premier. Avec tes quinze mille francs, tu peux rayer Premier. Prends une Tama, ça suffira.

– O.K., mais je me paye des Zildjian pour les cymbales.

– Essentiel, ma poule, essentiel. J'aime le feulement carrément sexuel des balais sur les Zildjian.

– Qu'est-ce que tu fumes au juste ?

– Rien du tout, mais j'ai la pêche. Dis donc, t'es mignonne toute en cuir. Qu'est-ce que tu fais ce soir ?

– Je passe pas ma soirée dans une HLM de merde avec trois gosses à faire bouffer.

– Tout de suite, le drame. Essaie d'apprivoiser l'homme noir, il est bon, sais-tu ? Et puis côté sexe, je voudrais pas dire…

– Oui, d'accord, t'en as une grosse. Seulement ça, c'est une légende : j'ai vérifié sur tes frères de couleur.

– Dis donc, t'es vachement dure. Tu peux pas décompresser ?

Curieusement, elle se sentait bien avec ce mec sans histoires. Elle aurait donné cher pour le voir empoigner son saxo et l'entendre le jour même, maintenant. Elle devinait qu'il était grand.

– Je te propose un truc : on se fait une petite session à deux chez Borelli à 22 heures et derrière on termine ça dans un couscous du Boulevard, proposa Zoé.

– Je signe.

Là-dessus, ils cessèrent de contempler les drums derrière la vitre, pénétrèrent dans la boutique et firent leurs emplettes que Pochot chargea dans sa caisse déglinguée.

À 20 heures, le jour se désagrégea. En marchant vers l'*Utopia*, Zoé se rendit compte qu'elle n'avait pas posé la question essentielle à Borelli : la clientèle était-elle régulière ou fallait-il partir à la chasse aux camés ? Dans le premier cas ; c'est relativement cool, dans le second, la galère. En arrivant dans le bureau de Borelli, ce fut la première question qu'elle posa.

– Bonne question. Tu vois cinq clients réguliers ce soir et tu repasses ici vers 21 h 30 en proposant discrètement ta came aux mecs qui font la queue dehors. On passe un groupe de rock assez hard. À mon avis, tu devrais arriver à vendre quelques paquets.

Elle soupira. Faire la retape ne l'emballait guère.

Elle avait gardé pour la circonstance son ensemble en cuir agrémenté d'une paire de lunettes noires. Le look tueur : *Terminator*, tu vas en chier.

– Tu pars pour un défilé de mode ? s'amusa Diego.

Elle négligea la remarque et se tourna vers Borelli :

– Si j'ai des ennuis, il me faut une lame.

Borelli ouvrit le tiroir de son bureau et en tira un cran d'arrêt qu'il fit fonctionner sous les yeux de la jeune fille. Elle le prit en main, le fit glisser dans sa manche de blouson et se sentit modestement protégée.

– O.K., vous avez les adresses ?

Borelli lui tendit un petit morceau de papier sur lequel étaient inscrites cinq adresses situées dans le XVIIIe arrondissement.

– C'est facile, t'as même pas besoin de Carte Orange.

– Putain, l'humour, je suis sciée.

Elle rafla les sachets et s'informa :

– Je peux répéter à partir de quelle heure, le soir ?

– 23 heures.

Eh bien, ils permuteraient le couscous et la répèt'.

Les néons commençaient à rougir les murs lépreux, les flics désertaient les rues et des grappes de jeunes beurs prenaient possession du quartier, déambulant sur toute la largeur des trottoirs en roulant leur caisse. Les joueurs de congas tenaient monômes, mais ceux qui ramassaient la grosse galette étaient les petits artisans du bonneteau. Des sommes astronomiques lâchées par des Teutons pleins aux as et des Américains cuités passaient entre leurs mains. David appelait ça le bizness du trottoir.

Zoé négligea toute cette agitation et commença la tournée. Les deux premiers rendez-vous ne posèrent aucun problème. Le troisième se compliqua quelque peu. Elle se tenait, ruc Ordener, dans l'entrée d'une épicerie Ed. Un grand type blond, d'une maigreur affolante, se planta devant elle.

– Tu viens de la part de Diego ?

– Oui. Trois paquets ?

– C'est ça. T'es toute seule ?

– Oui. Tu préfères que je vienne avec les flics ?

– Si t'es toute seule, je pourrais tout simplement te mettre deux claques et te piquer ta dope.

Disant cela, toujours souriant mais manifestement speedé, il tendit la main vers le cou de Zoé. Elle recula d'un pas, il lui agrippa les cheveux. Bon, le grand jeu. Elle sortit vivement le cran, fit jaillir la lame sous le nez du camé et le piqua à la gorge. Il recula, porta la main à son cou, contemplant avec stupéfaction ses doigts rougis. Elle lui enfonça l'acier dans la narine droite et l'obligea à s'immobiliser.

– Comme t'es un sale con, le prix des doses a doublé ce soir. Tu suis ou tu t'arraches ?

– Tu vas me couper le pif, connasse !

– Réponds à la question, merdeux.

– Le double, O.K.

Il tendit un paquet de billets crasseux. Elle lui glissa les sachets et le poussa dans la rue d'un coup de pied dans les fesses.

Elle s'attendait à ce genre de complication, c'est pour ça qu'elle avait emporté la lame. Une fille qui deale est un anachronisme dans le paysage barbésien.

Au 47, rue Custine, elle se retrouva face à un trompettiste de vingt-cinq ans qui avait joué avec elle sur les dernières sessions de Dexter Gordon.

– Putain, Jeff, c'est pas vrai, tu bichonnes toujours ta shooteuse ?

– Je fais gaffe, sinon je ne contrôle plus rien côté musique. Comment tu as pu sortir de ta clinique ?

Elle lui raconta l'histoire, toute l'histoire.

– Tu devrais faire un tour à la Porte Magique, ça aide, je trouve, proposa-t-elle.

– Le truc que tu n'as pas compris, Zoé, c'est que j'aime cette came. Ça me fait jouir de m'envoyer ma dose, tu comprends ?

– Tout le monde aime ça mais on peut s'en passer également.

– Bon, je verrai. Tu montes quelque chose ?

– Un trio évolutif. Je te contacterai quand on commencera à mouliner dur. Le sax s'appelle Pochot.

– Je connais : déjanté mais clean. Ça m'intéresse. Tiens, prends mon téléphone, je passerai vous voir.

Ils échangèrent téléphone contre sachets d'héroïne et elle remit le cap sur le boulevard pour se rapprocher de l'*Utopia*. Une centaine de jeunes gens tapaient la semelle en ordre dispersé devant la salle. Elle passa de groupe en groupe essayant de repérer aux tics habituels les accros à la blanche. Elle fourgua ainsi trois sachets puis, lassée de tapiner, rentra dans la boîte. Borelli était absent, mais Diego montait la garde dans le couloir, tel un clébard affamé. Elle ne pouvait pas encadrer ce fils de pute.

Elle tendit les billets à l'Espagnol, les sachets restants et prévint :

– Je reviens à 23 heures avec un sax. On va répéter et j'installerai la batterie.

– Qu'est-ce que t'as pris comme marque ?

– Une Tama, pourquoi ?

– J'aime bien les drums, ça brille, c'est magique. S'il t'arrive quelque chose, tu me la laisses ?

– Il ne m'arrivera rien, crâne de piaf.

– Dealer, c'est pas un job facile pour une gonzesse. On ne sait jamais, ce monde est cruel, grinça Diego.

– Tes allusions à la con, tu te les carres dans le cul, petit mec.

– C'est ça, c'est ça, fais-moi peur. En attendant, arrange-toi la prochaine fois pour fourguer tous les paquets. Monsieur Borelli n'apprécie pas trop les retours.

Elle haussa les épaules, indifférente aux menaces d'un ringard pareil, puis sortit dans la rue et repéra Pochot qui garait sa 403, pleine à ras bord du matériel acheté deux jours plus tôt. Par l'entrée principale, les premiers spectateurs du concert hard désertaient les lieux. Elle se rapprocha du sax :

– On intervertit. Couscous d'abord et musique pour terminer, la salle n'est pas prête pour le moment.

– Comme tu veux, ma biche.

Pochot était bien le ténor qu'elle imaginait. Véloce, travaillant ses impros en ruptures, il pouvait aussi donner libre court à sa fantaisie et décoller sur une musique de fanfare ou un rythme zoulou. Zoé retrouva vite toutes ses sensations qu'elle avait cultivées tant bien que mal à la clinique. Un peu de technique quotidienne sur les caisses remettrait définitivement les choses en place.

À une heure du matin, ils décidèrent de stopper là, un peu étourdis par leur volonté réciproque d'impressionner l'autre. Pochot se proposa de la déposer à Pantin et elle accepta sans façon.

Parvenus devant le 52, rue des Grilles, Pochot se tourna vers elle :

– Alors, tu me fais pas le coup du dernier verre, comme dans les films ?

– Embrasse-moi.

Il s'exécuta sans faiblir et de la main droite elle lui compressa les couilles à lui faire mal.

– La prochaine fois, peut-être. Ce soir, je suis crevée.

Il roula des yeux fous en se massant l'entrejambe pendant qu'elle pénétrait en riant dans le pavillon paternel.

7

Elle martela ses caisses toute la journée du lendemain et se décida à faire un tour à la Porte Magique pour compenser la honte qu'elle avait de dealer pour Borelli. Négligeant Babar et son père qui ratissait Belleville pour écrire la bio définitive d'Abdullah, elle s'y présenta, seule. Une femme de quarante ans, cheveux courts, visage dur, type méditerranéen, animait la réunion qui tirait sur sa fin.

Marcia, l'animatrice, dévisagea ceux qui l'entouraient.

– On peut s'arrêter là, vous m'avez l'air crevés !

Au troisième rang, un grand type maigre, cheveux blonds mi-longs, la trentaine, leva la main.

– J'ai un truc qui me pèse. Je peux ?

Elle fit oui avec les yeux et, bizarrement, les conversations annexes cessèrent. Ce silence soudain sembla gêner l'intervenant puis, haussant les épaules, il prit la parole.

– Je me fixe à haute dose depuis pas mal de temps…

– Tu en es à combien ?

Il annonça son chiffre, par bravade. Un silence mortifié suivit ses paroles.

– Ce qui m'obsède, c'est un rêve, je fais toujours ce rêve mais je sais que ça n'est pas un rêve. Je suis en train d'acheter ma dope à un dealer et un mec, un flic probablement, me braque. Alors je sors mon arme et je tire sur le gars qui s'écroule. Puis je m'arrache dans ma caisse plein pot.

– Allons, tu dois bien savoir s'il s'agit d'un rêve ou d'une réalité que tu refuses.

– J'ai bien peur que ça ne soit la réalité.

– Comment sais-tu qu'il s'agissait d'un flic ?

– Il a dû dire « Police », un truc comme ça…
– Il est mort ?
– Je ne sais pas. Je suis parti, ça paniquait dur.
Marcia et les autres participants étaient en fait plus embêtés qu'autre chose. La mort d'un flic ne les troublait pas tellement, mais un aveu public les mettait dans une situation malaisée vis-à-vis de la loi. Évidemment, un principe non écrit voulait que tout ce qui était dit dans l'enceinte de la Porte Magique n'en sorte pas. Zoé, au dernier rang, n'en perdait pas une miette : alerte rouge, carrément.
– Que souhaites-tu ? s'informa Marcia.
– Me sortir de la came.
– Tu connais tes doses. On va pas se faire de cinéma, tu as une chance sur mille d'en revenir.
– Faut que j'aie l'esprit clair pourtant, que je puisse réfléchir.
– Je sais, il arrive un moment où tu planes tellement que tu ne peux rien faire d'autre que sourire aux anges. Le seul conseil que je puisse te donner, là où tu es parvenu, c'est la désintoxe pure et dure à la Méthadone.
– Je ne peux pas faire ça.
– Dans ce cas, évite de te trimbaler avec un calibre. Si tu dois descendre un flic à chaque deal, tu vas faire un carnage.
La plaisanterie décontracta l'assistance trop tendue. Ils finirent par en rire et peu à peu se levèrent en se souhaitant bonne nuit. Zoé rentra dare-dare à Pantin. David, assis sur le canapé, écoutait les confessions d'un indic sur un magnétophone de poche. Elle lança son blouson de cuir sur une chaise et se planta devant son père.
– Il s'est passé quelque chose à la Porte Magique, ce soir.
David, léthargique, leva un œil. Trois whiskies derrière la cravate.

– Ah, oui ?

– Oui, chef. Un mec a quasiment avoué avoir tiré sur un flic au cours d'un deal qui a foiré.

Nolane se plaça immédiatement sur orbite.

– Raconte tout calmement.

Elle rassembla ses souvenirs et lui narra dans les détails l'étrange confession du camé.

– En fait, il n'a donné aucun détail sur le deal : l'endroit, le jour, le dealer, etc., demanda Nolane.

– Non, et figure-toi qu'il n'a pas laissé non plus son adresse et son numéro de téléphone pour que tu passes le prendre.

– Reste cool, Zoé. J'essaie de comprendre. Ce qui est incroyable, s'il s'agit de mon gars, c'est qu'il se soit rendu à la Porte Magique. Tu as une idée ?

– Ça pourrait être ton mec, je dis bien pourrait, imparfait du conditionnel. Son vrai problème, c'est pas d'avoir buté le flic, c'est de ne plus pouvoir contrôler les effets de la came. Il s'envoie deux grammes par jour, tu imagines ? Quand une guêpe bourdonne à trois mètres, il doit sortir son flingue et vider son chargeur. Ce mec est une vraie bombe lâchée dans la nature.

– Et comme il n'est pas con, il le sait et veut reprendre le contrôle de son existence.

– Exact.

– Que lui a conseillé l'animatrice ?

– Méthadone sous surveillance, le grand jeu : tu passes ou tu crèves.

– Pourquoi est-il armé ?

– Il n'a pas précisé, mais à mon avis, il doit dealer et comme tu le sais, tous les dealers sont chargés.

Elle piqua un fard en prononçant ces mots et glissa un bref regard vers son blouson qui révélait le manche du cran d'arrêt. David Nolane était ailleurs, perdu dans ses pensées. Il pouvait doubler Serguine et sa bande d'incapables, si ce mec était bien l'assassin de Carl. Une piste à creuser. Le flic en lui se reconstitua peu à peu, boulon par boulon.

– Tu te rends compte de la proximité des deux lieux, la Porte et les *Becs salés* ?

– Je sais, trois cents mètres, mais ça veut rien dire.

– Pas sûr. Zoé, ce mec reviendra, même si c'est le tueur. Si son truc consiste à retrouver une normalité, il va revenir car à la Porte Magique, personne ne juge, c'est un moment de respiration pour lui. Oui, il va revenir.

– David, t'emballe pas, c'est juste une possibilité.

Il ne l'entendit pas, déjà sur le sentier de la guerre.

– Quand aura lieu la prochaine réunion ?

– Après-demain.

– Tu peux y retourner ?

– Évidemment.

– S'il est là, engage la conversation à la fin de la séance, propose-lui de boire un pot et essaie de le faire parler.

– Jusqu'où je peux me risquer ? Je lui demande s'il connaît Abdullah, par exemple ?

– Trop précis, il va se méfier. Non, essaie de savoir qui il est, ce qu'il fabrique dans la vie, ça suffira pour un début.

Elle se fit une place sur le canapé près de son père. Il posa sa main sur celle de sa fille. Sourires. Ils se retrouvèrent.

– J'ai dégotté un sax génial. Je suis un peu amoureuse, je crois.

– T'as toujours été une rapide. Un Noir, je suppose ?

– Désolée.

– C'est pas grave, ta mère n'est plus là. Moi, les couleurs, tu sais…

– Tu y penses à maman ?

– Non, bizarrement la mort de Carl et ton retour ont complètement occulté le départ d'Élisabeth. Parfois, je pense à elle mais comme à une très vieille histoire.

– Vous étiez une vieille histoire, David.

– Certains s'en contentent.

– C'est mieux comme ça. La routine, ça fait chier.

– Si dans un an Marie n'a pas trouvé un mec, je lui ai proposé de l'épouser.

– J'espère que tu as souri en sortant cette bêtise.

– Je ne crois pas. C'est mal ?

– Bon, allez, file au pieu, Nolane.

– Et toi ?

– Je vais faire quelques exercices sur les toms assourdis.

– Comment s'appelle ton groupe ?

– Killing Zoé. Pas mal, non ?

Il approuva de la tête, rafla un paquet de petits-beurre LU et monta se pieuter, accordant une ultime pensée à John Lennon. Au moins, lui, Nolane, n'avait pas épousé cette conne de Yoko Ono.

Dès lors, Zoé muta. Musicienne le jour, espionne en danger de mort la nuit. Un petit problème cependant, le camé flingueur ne revint pas aux deux réunions suivantes. David, qui se postait à la sortie des séances pour le mémoriser, pestait en rentrant chez lui, accusant même Zoé de lui avoir raconté cette histoire pour le sortir de sa torpeur.

Borelli pouvait réactiver Zoé à n'importe quelle heure. Certains deals s'effectuaient même le matin sur le coup de 9 heures. La jeune fille payait cher le droit de répéter dans l'enceinte du poussah rital et elle comptait les jours la séparant du retour du dealer tunisien.

Jeff Beltramini vint rejoindre le groupe et sa présence insuffla un nouvel élan à leur musique. Un soir de répétition, ils surent qu'ils pouvaient tenir la scène plus d'une heure d'affilée et proposèrent à Borelli de venir les écouter. Celui-ci, moyennement intéressé, abandonna son bureau capitonné et se fit installer un fauteuil au centre de la salle. Diego resta debout à ses côtés.

Ils mirent le paquet : du groove, encore du groove. La terreur de Zoé était que Borelli trouve leur musique trop intellectuelle par rapport aux groupes qui passaient habituellement dans la salle.

Impassible, le gros bonhomme resta une heure durant le cul vissé sur sa chaise.

– O.K., Zoé, ça me plaît, mais avant de te lancer dans le grand bain je te propose d'assurer pendant deux jours en première partie, on verra comment les gens réagissent à votre musique. Qu'est-ce que vous en dites ?

Ils se consultèrent du regard : pourquoi pas ?

– On passe avant qui ?

– Calvin Russell, c'est du rock un peu country, je crois.

Zoé fit la moue. Des mecs habitués à une musique de bouseux, ça l'emballait modérément.

– On commence quand ?

– Dans cinq jours, ça vous laissera le temps de peaufiner les morceaux.

Ils se quittèrent là-dessus et Zoé raccompagna Pochot à Bagnolet.

– Alors ma poule, tu montes prendre le dernier verre ?

– Et ta copine, tes gosses ?

– Ma copine s'est tirée hier, c'est vraiment une copine, une vieille amie. Ma femme est à Katmandou et mes gosses sont couchés. Reste plus qu'à nous débarrasser de la gamine qui les surveille.

Cette organisation sans faille amena un sourire sur les lèvres de Zoé qui s'engouffra dans l'ascenseur derrière le musicien.

Quand la baby-sitter fut congédiée, il n'y eut pas de round d'observation. Ils se jetèrent l'un contre l'autre, tels deux naufragés apercevant une langue de terre à l'horizon. Elle le plaqua contre la moquette, il la pénétra sur le canapé. Un peu plus tard, installés dans la chambre de Pochot, une boîte de bière à la main, ils prirent le temps de respirer.

– T'aimes ça, cochonne, s'amusa le sax.

– Comme tout le monde. À la clinique, je baisais avec un infirmier pour qu'il me fournisse en dope, mais c'était pas pareil.

– Et la came, au fait ? T'as l'air mieux.

– Je baisse, c'est dur, mais je vais y arriver.

– Le truc pour arriver à faire les choses que ton corps refuse, c'est de trouver la sagesse avec ton cerveau.

– C'est un cours de philo ?

– Non, je déconne pas. Moi je fais partie d'un groupe qui s'inspire de la philosophie et des rites d'une civilisation indienne disparue. Le groupe s'appelle Washita…

– Vous priez une statuette en cire en psalmodiant des niaiseries avec sacrifice de poulet les jours fériés ?

– Putain, t'es vachement sceptique. Tu dis toujours que j'ai la frite, que je casse la baraque, mais j'ai pas toujours été comme ça. Le groupe Washita m'a beaucoup apporté. Je suis sûr que toi, qui as besoin d'un soutien moral, ça t'aiderait.

– Je vais déjà à la Porte Magique.

– O.K., mais la Porte, c'est une réponse technique…

– Pas du tout. On confronte nos problèmes, nos expériences, il y a beaucoup d'amitié qui passe.

– Bon, bon, ta Porte est formidable mais je te prêterai le livre de mon groupe : *Washita, pour marcher dans la Beauté*. Ça te plaira, j'en suis sûr.

Elle opina vaguement et se prit à réfléchir.

– C'est bizarre quand même tous ces gens aujourd'hui qui ont besoin de se raccrocher à des groupes, des sectes, tu ne trouves pas ?

– C'est dû à l'absence de sacré. Les jeunes ont peur du chômage, d'un avenir de merde, alors ils rejoignent les sectes, les groupes de prière.

– Mais moi je crois à la musique, ça me suffit.

– La preuve que non puisque depuis trois ans tu t'enfiles de la blanche.

Elle se tourna vers lui, furieuse.

– J'aime pas quand tu joues les petits profs.

– Moi j'aime tout chez toi mais surtout ton petit cul à fossettes. Fais voir.

Elle le lui montra et ils décidèrent de laisser parler leurs corps plutôt que de se perdre dans des élucubrations fumeuses.

8

La Porte Magique, 23 h 30. Zoé balaya la salle en panoramique, et une excitation brève mais réelle la gagna : il était là, au troisième rang, les épaules tombantes, l'œil rivé à l'animateur qui n'était autre que Babar. Celui-ci ne remarqua pas Zoé et conduisit la séance dans la bonne humeur. On apprit ce soir-là que Robertet, l'un des participants aux réunions, était mort la veille d'une overdose. Il y eut comme un froid dans la salle. Zoé s'insinua entre les chaises et vint se placer à la gauche du killer.

Elle se pencha vers lui et chuchota :

– Tu aurais une cigarette ?

Il sortit de sa poche de chemise en jean un paquet de Camel et le lui passa sans parler. Après ce premier contact, elle décida d'en rester là pour le moment.

À la fin de la séance, Zoé tendit son paquet au camé.

– Merci. Au fait, ça va mieux depuis la dernière fois ?

– Pas terrible. C'est la femme, Marcia, qui a raison, il me faudrait une vraie cure, mais je n'ai pas le temps de faire ça.

– Est-ce que tu aurais le temps de boire un verre par hasard ?

– Dans le quartier ?

– À Château Rouge, la plupart des copains qui sont là s'y retrouvent pour boire un coup.

Il accepta et ils se dirigèrent lentement vers le métro. Il était grand, épaules larges et se rasait peu. Pour le reste, jeans, tennis et pull siglé UCLA. Le mec normal, une muraille anonyme.

Ils prirent place dans un box quelque peu éloigné de l'agitation du café et choisirent tous les deux un demi-panaché.

– Tu fais toujours ton rêve ?

– Non mais je sais que je l'ai fait. C'est la came qui me déglingue. Je perds mes réflexes.

– Tu as besoin de réflexes dans ton boulot ?

– Heu… oui, comme tout le monde.

– Qu'est-ce que tu fais ?

Il hésita et posa les yeux sur un *France-Soir* égaré sur la table la plus proche.

– Journaliste.

– C'est super comme job. T'écris quoi ?

– Le sport. Le basket, surtout.

– J'adore. Surtout ce mec qui maintenant est séropositif, c'est comment déjà son nom ?

– Magic Johnson. Ça va ? J'ai bien passé le test ?

– Quel test ?

– Tu n'arrêtes pas de poser des questions.

– Parce que tu parais intéressant. Maintenant, si tu préfères, je peux parler de moi.

– Je préfère, dit-il d'un ton cassant.

Décontenancée, elle commença à parler musique, batterie, ses projets d'avenir.

– Qu'est-ce qui me prouve que tu ne baratines pas ? demanda l'homme, déchiffrant le visage de Zoé comme pour le découper au laser.

– Pose-moi une colle sur le jazz.

– Le nom du sax sur *Alone Together* par Chet Baker, version 59.

– Pepper Adams, c'est facile.

Il se décontracta.

– Et toi, la came ? demanda-t-il négligemment.

– Ça descend. Un képa tous les deux jours. Je me suis payé une année en clinique psy, ça m'a vacciné. Je n'y retournerai pas à cause de cette merde. Dis donc, tu dois avoir du mal à bosser avec les doses que tu prends.

– Je dicte mes papiers par téléphone. Tu ne l'attendais pas celle-là.

– Pourquoi tu es aussi cynique ?

– Pas cynique, méfiant. En quinze ans aucune femme ne m'a abordé pour me payer à boire. À propos, c'est moi qui paye, il faut que je file.

– Déjà ?

– Je suis crevé. Comment tu t'appelles ?

– Zoé. Et toi ?

– Bernard. Allez, salut, à une autre fois.

Il se dressa de toute sa hauteur et quitta la salle d'un pas vif. Babar, qui glandait au bar, apporta son verre et prit place devant Zoé.

– Qui c'était, ce mec ?
– Un type que je tiens à l'œil et qui paraît bigrement méfiant.
– Weissner ?
– Peut-être.

Elle essaya de repérer son père aux alentours du café, mais il n'y était pas. Elle prit un taxi et se fit déposer rue des Grilles. Nolane était planté devant un match de boxe diffusé par Canal Plus, une pizza royale sur les genoux et deux boîtes de bière ouvertes à ses côtés.
– Super pour le cholestérol, cingla Zoé.
– Je noie ma détresse. Tu reviens de la Porte ?
– Oui et notre homme y était.
– Raconte vite.
Elle raconta du mieux qu'elle put malgré sa fatigue.
– Tu crois vraiment qu'il est journaliste ?
– Non, il a posé les yeux sur un journal qui traînait et ça lui a donné l'idée.
– Son prénom ?
– Vrai ou faux, c'est kif-kif.
– Je suis d'accord, en fait il n'a pas lâché grand-chose. Il t'a paru sur ses gardes ?
– Oui, hypertendu. Le genre de mec qui voit où tu veux en venir avec tes questions et qui s'amuse de ta connerie.
– Merde, on n'a pas grand-chose, soupira Nolane, dépité par les résultats de la soirée.
– Il connaît Magic Johnson, quand même.
– Moi aussi et j'aime pas le basket.
Zoé se leva, s'étira devant une glace murale en souriant et, sans se retourner, laissa choir :
– Ah, j'oubliais de te dire : j'ai ses empreintes.
David lâcha sa pizza, les yeux exorbités.

– Quoi ?

Elle plongea dans son sac en cuir et en sortit le verre de Bernard enveloppé dans un mouchoir.

– Zoé, je te lègue toute ma fortune, tu es la fierté de ma vie.

– Ouais, je suis pas mal, c'est assez juste.

David déplia le mouchoir et contempla en transparence les empreintes laissées sur le verre de bière.

– Il doit se laver une fois par mois, ce mec : elles sont parfaites. Je vais porter ça demain matin à Berger au labo central et on verra si notre ami Bernard a déjà eu affaire aux flics.

– S'il achète de la came à Abdullah, il est possible qu'il soit tombé au moins une fois et si son arme est déclarée on peut aussi remonter la piste de cette façon, non ?

– Tu crois vraiment qu'un type qui bute un flic possède un permis ?

– J'en sais rien, moi, je pensais tout haut.

– En tout cas, maintenant ça ne va pas traîner. Tu n'en parles à personne, surtout.

– J'ai dit deux mots à Babar.

– Babar, on s'en fiche, mais si tu croises un copain du commissariat, la version officielle c'est : papa est très abattu mais il reprend peu à peu goût à la vie. Ça fait peut-être un peu littéraire, non ? Qu'est-ce que tu emmènes au lit ?

– Un livre sur une tribu indienne pleine de sagesse. Paraît que c'est bon pour ce que j'ai.

– S'il y a beaucoup de sagesse et peu d'Indiens, je pense que ce livre est pour toi.

Elle fit un bond en riant vers son père et lui tira la moitié de sa pizza. Ils se poursuivirent dans la maison mais elle fut plus prompte à fermer le verrou de sa porte de chambre. Son rire clair traversa le panneau.

– Zoé, rends-moi cette putain de pizza.
– Crève.

Le laboratoire central de la police était installé dans les sous-sols du quai des Orfèvres. Nolane connaissait Pierre Berger depuis dix ans, et les deux hommes s'étaient rencontrés à plusieurs reprises. Les lieux, modernes, climatisés, cliniques, contrastaient étrangement avec les bureaux vétustes des étages supérieurs.

Berger contempla longuement le verre.

– Tu es sur quoi en ce moment ?

– Je termine un congé, mais je travaille quand même sur la mort de Weissner.

– J'ai lu la note d'information. Qu'est-ce qu'il lui a pris de jouer les cow-boys face à des dealers ?

– Je ne sais pas. Ça s'est passé très vite et j'étais carrément abasourdi. Le temps que je lâche la purée, il était déjà mort.

– Ils t'ont cherché à l'IGS ?

– Non, je connaissais l'un des enquêteurs.

– Bon, tu me laisses une demi-heure, je te donnerai le film et tu iras le porter à l'informatique. Je ne sais pas s'ils vont vouloir le prendre, car tu n'es pas officiellement chargé de l'enquête. Tu procèdes comment ?

– J'ai trouvé du boulot pour le fils de Quémeneur, il s'en souviendra.

Berger sourit en tapant sur l'épaule de Nolane et disparut dans un labo contigu. Pendant que Berger photographiait les empreintes, Nolane en profita pour passer un coup de fil à Quémeneur. Celui-ci confirma qu'il l'attendait.

Une demi-heure plus tard, Nolane se présenta devant Quémeneur, son film à la main.

– J'en ai pour un moment. Tu attends ou tu repasses ? proposa l'informaticien.

– Ça demande combien ?

– Cinq minutes ou deux heures, on ne sait jamais.

– Je vais boire un pot en face et je reviendrai.

– À tout de suite.

Les lieux informatiques, situés dans une aile isolée du quai, grouillaient de flics en civil, affairés mais silencieux. David s'était pris d'affection pour l'informatique et les autoroutes de l'information ne lui étaient pas étrangères. Il avait pu vérifier de nombreuses fois qu'en manipulant intelligemment un ordinateur, on pouvait gagner trois jours d'enquête sur le terrain.

Il s'installa à *l'Écluse*, de l'autre côté du quai, et se fit servir un verre de bordeaux. Assis en terrasse, tout son passé de gauchiste soixante-huitard lui revint en mémoire, les filles agitant des drapeaux rouges, les visages masqués par les mouchoirs des étudiants familiers des grenades lacrymogènes, la rage des flics, la mobilité des manifestants, les voitures brûlées, les grilles d'arbres balancées sur les fourgons. Comme c'était loin tout ça. C'était bien avant le sida, le chômage et le crack. Les trois calamités des années quatre-vingt-dix. Il s'endormit presque sur son coin de table et c'est le garçon qui vint le réveiller. David s'étira et gagna le service informatique. Il fit appeler Quémeneur qui se pointa, l'air faux cul avec le film de Berger. Bizarrement, deux hommes accompagnaient Quémeneur.

– On n'a rien, David, désolé, s'excusa son ami.

– C'est sûr à cent pour cent ?

– Heu… oui.

L'un des deux hommes, costumé de gris et cravaté, considéra l'ensemble en jean de Nolane.

– Vous travaillez sur une enquête officielle, inspecteur ?

– Non.

– À quel commissariat appartenez-vous ?

– Et vous, machin, d'où vous sortez ?
– Je dirige ce service. Commissaire Barnier.
– Alors là, je suis vachement impressionné.
– Je répète : quel commissariat ?
– XVIIIe.
– Compris, vous enquêtez sur le meurtre de Weissner. Alors écoutez, qui que vous soyez, laissez les enquêteurs officiels effectuer leur travail. Vous êtes Nolane, n'est-ce pas ?
– Je peux partir ?
L'homme approuva de la tête et tourna les talons. Le second flic considéra David et Quémeneur qui proposa :
– Je te raccompagne à l'ascenseur.
Ils s'éloignèrent de deux mètres et Quémeneur chuchota entre ses dents.
– Désolé, David, mais je n'ai rien pu faire.
– Pourquoi, qu'est-ce qui se passe ?
– Je ne peux rien te dire. Excuse-moi.
Là-dessus, Quémeneur tourna les talons et rejoignit son collègue, abandonnant David devant l'ascenseur métallique. Nolane rentra immédiatement à Pantin pour réfléchir à tout cela.

Zoé s'activait dans la cuisine au-dessus de tomates remplies de brandade qu'elle essayait de faire griller à feu doux.
– Viens voir, j'ai à te parler, intima David.
Ils s'avachirent tous les deux sur le canapé et Zoé enflamma une Camel. Aujourd'hui, ses yeux étaient verts. David raconta par le menu son expédition au quai des Orfèvres et l'attitude pour le moins bizarre de Quémeneur et de son supérieur.
– Il y avait quelque chose, Zoé, mais son connard de chef l'a empêché de m'en parler.

– S'il est fiché, pourquoi refuseraient-ils de le dire ?
– J'en sais rien. Une magouille politique peut-être...
– Oui, c'est possible mais en tout cas ça confirme que le cher Bernard n'est pas blanc-blanc.

David réfléchissait, se levant et s'asseyant tour à tour.
– Je ne peux pas serrer ce mec à l'esbroufe sans savoir qui il est. Je n'ai rien contre lui pour le moment.
– On n'est même pas sûrs qu'il revienne à la Porte.
– Zoé, je sais me servir de ces ordinateurs, tu sais !
– Depuis quand ?
– Depuis ton internement. J'avais besoin de me changer les idées ; alors, j'ai fait de la formation permanente.
– C'est bien, papy, faut savoir se recycler quand arrive l'âge de la retraite.
– J'apprécie tes encouragements. Voilà ce que je pense : je dois pénétrer dans le centre des ordinateurs et faire la recherche moi-même.
– Tu veux braquer les flics ? Dis donc, faut te calmer avec la coke.
– C'est faisable. Ils ne travaillent pas la nuit dans ce service et on peut pénétrer directement dans le centre sans passer par l'entrée principale.

Elle regarda son père, incrédule.
– Et tu pénètres COMMENT ?

Ils se turent tous les deux ; chacun concentré sur ses connaissances. Zoé prit le temps de retirer ses tomates qui commençaient à flamber sur la gazinière, rapporta des assiettes et ils entreprirent de dîner sur la table basse du salon. Puis elle releva la tête :
– Il est tombé pour quoi, Babar, en quatre-vingt-sept ?
– Bon Dieu : cambriolage !
– Remarque, ça n'en fait pas un spécialiste des serrures.
– Justement, si : il ouvrait même des coffres.

– Appelle-le.

David se colla au récepteur téléphonique et d'une voix excitée relata à son ami les derniers événements de la journée. Quand il en vint à lui proposer de crocheter la serrure du centre informatique, Babar, en bon professionnel, émit des objections : caméras de surveillance et *tutti quanti*.

– O.K., mais tu pourrais t'en occuper ?

– Sûr, faut que j'aille repérer les lieux. Mais on est bien d'accord, dès que tu es rentré, moi je me tire, j'ai pas envie de replonger à cause de tes conneries.

– Non, non, te bile pas : tu m'ouvres le chemin et c'est marre.

– D'accord, je passerai demain matin, je demanderai Quémeneur pour lui remettre un pli personnel, ça me laissera le temps de repérer l'essentiel.

– Et tu dégages quand Quémeneur arrive, je ne veux pas leur mettre des idées en tête.

– Sûr, on fait comme ça.

Ils raccrochèrent en même temps.

Zoé vida son verre de bière. Elle bisa David qui lui souriait.

– Je t'accompagne ?

– Sûrement pas.

– Si. Il faut bien que quelqu'un vérifie que le visage correspondant aux empreintes est bien celui de Bernard. Qui, à part moi ?

– S'il y a un visage...

– Ouais, ça paraît problématique. Alors, tu m'emmènes quand même ?

– D'accord, mais la nuit où l'on fait ça, c'est moi qui commande. Toi, tu suis et tu fermes ta grande gueule.

– Oui, chef. T'es beau à la tête de tes troupes : un ex-taulard et une camée en pleine rédemption.

Il lui sourit vaguement, l'esprit ailleurs.

– À propos de camé, il faudra que je te parle d'un truc…

– Quoi donc ?

– Pas grand-chose, un bruit qui court à Barbès.

Et il la fixa dans les yeux, sans sourire.

Elle se glaça d'effroi. Il savait.

9

Après la visite des lieux, Babar assura qu'il pouvait les faire entrer dans le centre informatique.

Ils étaient attablés tous les trois dans la cuisine des Nolane et déchiraient des côtelettes de veau avec une belle énergie.

– Tu veux faire ça quand ? demanda Babar.

– Demain soir.

– Ah bon, j'avais peur que tu dises après dîner.

– Pourquoi, ça te paraît trop court ?

– Un peu juste, mais je vais me dépêcher de collecter le matos. Tu vas à la Porte ce soir, Zoé ?

– Non, ce soir je passe pour la première fois à l'*Utopia* avec le groupe.

– Merde, je vais rater ça. Tu y vas, David ?

– J'y ferai un tour.

Là-dessus, Babar sortit de table, salua la compagnie et rentra chez lui. David montra le petit livre rouge, posé sur la table à côté de l'assiette de Zoé.

– Tu avances sur la Voie de la Sagesse ?

Elle émergea d'un rêve éveillé.

– La Sagesse ? Ah oui, le livre ! Contrairement aux apparences, c'est pas mal du tout. Ils avaient des principes assez durs dans certains domaines…

– Ça te ferait pas de mal d'avoir des principes.

Elle ne releva pas l'allusion et poursuivit :

– Par exemple, pour vivre dans l'harmonie après la mort, ils disent que tu dois mourir de la main d'un membre de ta famille, c'est bizarre, non ?

– Oui et non puisque, chez les Indiens, toute l'existence est centrée autour de la tribu et de la famille.

– J'irai peut-être à l'une de leurs réunions. Pochot m'a dit que les femmes s'amusent à se peindre des signes sur le visage. À vrai dire, ça me fait un peu marrer.

– Tu commences par quoi, ce soir ?

– *Papa don't take no mess*, version speedée, comme ça les rockers n'auront pas le temps de s'ennuyer.

– Je passerai.

Ils se retrouvèrent le lendemain soir face à l'entrée du centre informatique. Babar avait suggéré que David et Zoé se munissent de cagoules pour le cas où ils n'arriveraient pas à occulter les deux caméras de surveillance de l'entrée. Chacun était plongé dans ses pensées. Zoé savourait la réussite du premier concert, le feeling des cuivres, son jeu de batterie demeuré intact et surtout la bouille de Borelli, épanoui, qui lui proposait carrément d'assurer la première partie un soir sur deux. David pensait à Weissner et Babar avait déjà l'œil rivé sur le digicode, une broutille, et sur la seconde porte qui ne s'ouvrait qu'à l'aide d'une carte magnétique. Deux heures du matin. David se tourna vers ses compagnons.

– Babar, tu traverses et tu commences le job. Nous, on te couvre d'ici.

Le gros Babar traversa la route. David et Zoé s'accoudèrent au pont de pierre. La Seine était noire. Même les bateaux-mouches s'étaient endormis et, de ce côté-ci du pont, seules de très rares voitures balayaient de leurs phares l'entrée du centre.

Babar leur fit signe dans la pénombre et ils s'engouffrèrent à sa suite dans le sas.

– Pour le moment, c'est du billard. La carte, c'est plus longuet. Restez cool.

Ce qu'ils firent. L'ex-braqueur de coffres retrouvait une habileté manuelle, un toucher quasi féminin que son corps trapu contredisait. Il se tourna vers David.

– On va rentrer dans le noir, comme ça on complique la lecture des caméras, mais il faut mettre les cagoules, car elles sont toutes à infrarouge, maintenant.

Ils enfilèrent leurs cagoules et se glissèrent dans le petit hall de réception.

David chuchota :

– Pourquoi les détruire puisqu'on est passés ?

– Si je les déglingue, la mémoire disparaît aussi et il ne restera aucune trace de votre passage, c'est mieux pour vous. Ils peuvent vous repérer à des détails vestimentaires, on ne sait jamais.

Ils s'accoudèrent au comptoir pendant que Babar s'attaquait au système audiovisuel. Enfin il leva le pouce et disparut dans l'entrée. Zoé tira la manche de son père.

– On peut allumer ?

– Non, il y a d'autres flics dans l'immeuble. On allumera seulement les écrans. C'est au bout du couloir, à droite.

Ils avancèrent dans le couloir à petits pas et poussèrent la porte du centre. La salle, climatisée, surprenait par sa fraîcheur.

– Tu sais lequel choisir ? s'inquiéta Zoé.

– Ils sont tous connectés au même ordinateur central de renseignements. Le poste n'a pas d'importance, tiens celui-ci fera l'affaire.

Ils se posèrent sur deux chaises à roulettes dans une obscurité relative. David alluma l'écran de l'ordinateur et agrippa la souris.

– Bon, voyons voir, qu'est-ce qu'on me propose ?

– Il y a marqué « Recherches ».

– O.K. pour « Recherches ». Le genre, maintenant.

– « Empreintes. »

David sortit le film des empreintes de son blouson et le fit glisser dans le scanner qu'il connecta avec son écran. Trois minutes plus tard, les empreintes de Bernard apparurent devant lui.

Zoé suggéra :

– Il faut sûrement aider l'ordinateur dans sa recherche, sinon ça va nous prendre toute la nuit.

– J'hésite entre stupéfiants, narcotiques et grande délinquance.

– Quelle différence entre stups et narcotiques ?

– L'un doit être plus restrictif que l'autre. Je demande stups et j'envoie les doigts fuselés du cher Bernard.

La bête moulina en silence.

Le père et la fille, l'œil rivé à l'écran, les visages éclairés par la lumière sourde diffusée par celui-ci, semblaient façonnés dans la même pâte. Elle posa sa tête contre l'épaule de David.

– Tu sais pour Borelli.

– Évidemment.

– Encore deux livraisons et j'aurai payé ma dette. Tu m'aimes encore ?

Il déposa un baiser léger sur la joue duveteuse de la jeune fille. L'écran s'anima.

– Qu'est-ce que c'est que ça ? s'étonna Zoé

– Ça, c'est : « Le sujet est classé code 21 ».

– Ils demandent si on connaît le code d'accès. C'est quoi, cette merde ? s'énerva Zoé.

– Code 21, c'est un flic, ma chérie.

– Bernard ?

– Oui, l'enculé de Bernard. Comme on n'a pas le code d'entrée, il faut trouver une astuce pour en savoir plus.

– Comment se fait-il que ses empreintes soient répertoriées dans l'ordinateur ?

– Sais pas.

Ils restèrent comme deux débiles, les yeux rivés à ce code 21. Si Bernard était un flic, il était peu probable qu'il ait tué Weissner. Pourtant il y avait ce rêve, la confession d'un camé, ces visites à la Porte Magique. Sans se parler, le père et la fille agitaient les mêmes idées, échouaient sur les mêmes voies de garage dans leurs cerveaux fatigués.

– Et si tu essayais Weissner ? proposa-t-elle.

– Je vais revenir au menu. Voilà : « Affaires en cours. » Tu choisis quoi ?

– « Stupéfiants. » Remarque, je suis conne, ils ont dû donner un nom de code au meurtre de Carl.

– Oui, mais ça je sais. J'ai téléphoné à Serguine et, sur le ton de la plaisanterie, ce taré m'a dit que l'opération s'intitulait « Blanche Neige ».

– Bon, vas-y pour Blanche Neige.

– Eh bien voilà : « Affaire non résolue. » Merci les mecs, vous êtes très forts.

– Il y a une case : « En savoir plus. »

David pianota et, sous leurs yeux sidérés, l'écran afficha de suite : « Suspects présumés : BIG BROTHER, BLANCHETTE. »

– D'où ils sortent ça, qui sont ces mecs ?

– Big Brother, j'en sais rien, mais j'ai connu un flic noir dont le surnom était Blanchette. On était aux stups de Marseille dans les années soixante-dix.

– Il aurait tiré sur un flic ?

– Non, d'ailleurs le tueur n'était pas noir, c'était un Européen blond.

– Passe leurs noms et demande leurs CV.

David pianota à nouveau et laissa l'ordinateur mouliner. L'écran afficha bientôt : « Sujets classés code 21, composez le code d'entrée. »

– On est mal, soupira Zoé.

– Oui et non. Blanchette Robicheaux habite maintenant aux Clayes-sous-Bois, dans la banlieue ouest, je l'ai su par les bruits de couloir. Je vais aller rendre une petite visite au cher Blanchette et lui demander pourquoi il est suspect dans l'affaire Weissner.

– Admettons que ce soit vrai, qu'est-ce que ça veut dire, à ton avis ?

– Un coup tordu monté par les stups pour serrer Abdullah ? J'en sais rien, en fait.

– Oui, mais Carl a fait les sommations, non ?

– Oui, il a hurlé POLICE et on l'a entendu jusqu'au fin fond du XVIe arrondissement.

– Comprends pas.

– Blanchette crachera sa merde.

10

Le lendemain matin, après s'être assuré que Blanchette Robicheaux habitait toujours Les Clayes-sous-Bois, Nolane se rendit en Renault dans cette petite ville située à une dizaine de kilomètres de Versailles. Il mit du temps à trouver le domicile du flic, car Blanchette résidait rue du Stade et les autochtones le dirigèrent tous vers le nouveau stade flambant neuf à quelques kilomètres de Plaisir. En fait, Robicheaux habitait une vieille rue, jouxtant un stade délaissé en lisière de forêt. David sonna à la grille et, ne recevant pas de réponse, pénétra dans les lieux. La porte d'entrée n'étant pas fermée à clé, il la poussa également. Les pièces avaient été fouillées sans ménagement. David sortit son arme et gravit une à une les marches qui menaient à l'étage. Il visita les deux chambres et par acquit de conscience jeta un coup d'œil dans la salle de bains. Blanchette l'attendait là, dans la baignoire, avec deux trous serrés au milieu du front. Le corps avait été traîné jusqu'ici sans raison précise, des traces sur le plancher en faisant foi. Nolane redescendit dans le living et commença à fureter. Il nota la présence de deux verres à whisky à moitié pleins sur une table basse heureusement épargnée. Quelques taches maculaient le tapis. Blanchette avait été tué ici et manifestement par un ami. David refit trois fois le tour des deux pièces du bas et sur une étagère de cuisine mit la main sur une photo ancienne shootée en noir et blanc. Elle représentait Blanchette quinze ans plus tôt souriant à l'univers en compagnie d'un jeune type baraqué. Tous deux portaient un béret militaire disposé de guingois sur leurs têtes. David arracha la photo à son cadre et la glissa dans sa poche. Il n'avait plus rien à faire ici.

Il attendit patiemment le retour de Zoé qui ne fit surface qu'à 23 heures, à la fin du set d'ouverture chez Borelli.

– Alors, Big Chief, ça avance ? s'inquiéta la jeune fille.

David lui indiqua sans rien dire la photo posée bien en évidence sur la table de séjour. Elle la rapprocha de son visage.

– Bernard avec quinze ans de moins. L'autre, je ne vois pas.

– Blanchette Robicheaux.

– Bernard égale Big Brother ?

– On commence à y croire, non ? Passe-moi le téléphone et mets le haut-parleur.

Il composa le numéro de Serguine en consultant sa montre. Le commissaire allait râler.

– J'espère que c'est foutrement important…

– Nolane, commissaire.

– David, bon Dieu, tu ne dors jamais ?

– J'allais m'y mettre. Dites, vous vous souvenez de Blanchette Robicheaux, le Noir karatéka, il bossait dans le XXe avec vous, je crois…

– Oui, putain, je me souviens de Blanchette.

– Vous savez où il bosse, maintenant ?

Silence sur la ligne. Zoé et Nolane se délectèrent du souffle rauque de Serguine hésitant à lâcher son information.

– Pourquoi tu demandes ça ?

– Je vais faire une nouba pour mes cinquante ans et je voulais l'inviter.

– N'importe quoi. Bon, ce que je vais te dire reste entre nous, car c'est confidentiel.

– Je garde ça pour moi.

Zoé pouffa en louchant sur David.

– T'es pas tout seul ?

– C'est le chien.

– Ah bon. Blanchette fait partie d'un secteur de la police intitulé DIVISION NC. NC, c'est l'abréviation pour Narcotiques. Ces mecs sont chargés d'infiltrer les gangs de dealers et de faire tomber les grosses têtes. On les a formés comme des agents secrets travaillant sur le sol ennemi. Ils ne rendent compte qu'à un officier traitant et, pour le reste, sont lâchés dans la nature. Un boulot de merde, si tu veux mon avis.

– Ils doivent être amenés à se camer pour prouver leur bonne foi aux grossistes, non ?

– Ne me demande plus rien là-dessus, David.

– Une dernière : qui dirige le service ?

– Un ex-divisionnaire, Richard Reno. Je trouve que tu poses beaucoup de questions pour un mec qui veut seulement inviter Blanchette à boire un pot.

– C'est la déformation professionnelle, je m'intéresse à la vie des bêtes.

– C'est ça. Au fait, tu recommences ici dans deux jours, tu n'as pas oublié ?

– Je ne pense qu'à ça.

Là-dessus, David raccrocha. Ils se regardèrent, ils avaient compris.

– L'honneur de la maison. La Grande Maison, grinça Zoé.

– Les seules personnes qui n'aspirent pas à la vérité sont les flics.

– Et Blanchette, il n'a rien lâché, au fait ?

– Monsieur Robicheaux s'est pris deux balles de .38 dans sa peau d'ébène. L'œuvre d'un ami très cher, car ça s'est passé devant deux verres à whisky.

– Tu crois que Big Brother…

– Oui, je pense qu'il élimine tous ceux qui peuvent encore le relier au crime.

– Mais puisque les flics le protègent !

– En est-on sûrs ? Je vais m'en occuper. J'irai voir Reno dès demain matin. La merde giclera jusqu'au plafond.

– Cool, David, reste cool. Pense à ta retraite.

– Non, ce soir je pense à Carl.

Masqué, Nolane.

Le plus dur fut de trouver l'adresse de la division NC. David passa une matinée entière au téléphone pour loger Richard Reno. Il rameuta le ban et l'arrière-ban des vieux copains des stups recyclés dans les rouages de la machine infernale policière. Mais en vain.

Sur le coup de midi, l'adresse tomba de la bouche d'un indic pakistanais, ce qui pouvait paraître savoureux. La division avait élu domicile dans un ancien garage Renault de Levallois relooké high tech.

Nolane gagna la ville banlieusarde dont la surveillance vidéo des rues chaudes faisait l'admiration de tous les flics des Hauts-de-Seine. Il éprouva quelques difficultés pour approcher Reno. Trois policiers au look junkies maladifs le toisaient dans la cour du garage, tel un objet cacochyme tombé là par hasard. Après dix minutes de palabres, David perdit son sang-froid, agrippa le plus jeune par les cheveux et lui colla son 45 sur la tempe. Grosse pression au garage. Pas prêts pour la vidange, les garçons.

– Conduis-moi à Reno, petite lope, intima Nolane.

Les autres s'écartèrent, des démangeaisons au bout des doigts. Ils traversèrent l'intérieur d'un local réaménagé en bureaux « paysage » avec murets de briques rouges et plantes grasses. Bien logés, douillets. Enfin le jeune flic stoppa devant une porte métallique en l'indiquant d'un mouvement hargneux du menton :

– C'est là.

David poussa la porte d'un coup de pied et pénétra avec son otage dans le bureau de Richard Reno – costume de velours, moustache, œil lourd et cinquante-cinq ans au compteur – qui leva sur ce cirque un regard blasé de dinosaure des coups tordus.

– Quoi, encore ?

– C'est ce cinglé qui veut vous voir, monsieur.

– Qui êtes-vous ?

– David Nolane. File doux, mon garçon, siffla David en expédiant le mal rasé dans le hangar.

Reno se leva pendant que David remisait son artillerie dans son blouson de cuir.

– Nolane, Nolane, vous êtes aux stups de Barbès, non ?

– C'est ça.

– Belle carrière, si mes souvenirs sont exacts. Qu'est-ce que vous me voulez ?

– Weissner, Abdullah, Big Brother et Blanchette. J'ai besoin qu'on m'explique, Carl était mon meilleur ami.

Reno soupira puis décida de se rasseoir. Il rafla au passage un fin cigare dans une petite boîte de Davidoff qu'il prit le temps d'allumer avant d'ouvrir la bouche :

– Qu'est-ce que vous savez ?

– Selon moi, Big Brother et Blanchette magouillent quelque chose avec Abdullah, un achat bidon par exemple. Là-dessus, Weissner et moi, prévenus par un indic, nous débarquons à la fin du deal. Carl nous rejoue *Rio Bravo* et Big Brother l'abat froidement. Depuis, vous qui savez tout cela, vous ne bougez pas un cil et vous laissez Serguine piétiner à Barbès sur des pistes foireuses.

– À votre avis, on fait quoi ici ?

– Vous êtes une sorte de brigade antistups.

– Pire. Nous lâchons des sommes importantes à nos agents pour qu'ils achètent de la came. En attendant le bon flag des familles. Abdullah, nous étions dessus depuis deux mois, j'avais une équipe de soutien qui s'apprêtait à constater le flagrant délit Abdullah/Big Brother, et Weissner a cassé ma baraque. Vous connaissez le nom de votre indic ?

– Non, c'était celui de Weissner. Quand une opération est prévue dans un secteur comme Barbès, la moindre des choses consiste à prévenir le commissariat du coin. D'autre part, rien ne justifie l'assassinat d'un flic par un de ses collègues. Big Brother est drogué jusqu'aux yeux, vous saviez ça ?

– Oui, nous avons un problème avec le Brother. En fait, Nolane, cet homme est incontrôlable. Il s'est pris au jeu et fonctionne à deux grammes par jour. Je le soupçonne même de monter des coups pour soulever la came à l'intention de sa chère petite personne.

– Pourquoi ne pas le flanquer en désintoxe ?

– C'est un flic, il sait beaucoup de choses d'une part et refuse le traitement d'autre part. J'avais collé Blanchette à ses basques pour le contrôler, mais Blanchette nous a quittés pour rejoindre ses idoles de la soul music. En enfer, probablement.

– Oui, je sais, je suis passé chez Blanchette. En fait, Big Brother a bel et bien perdu les pédales, il rêve la nuit du crime de Weissner et, avec la mort de Blanchette, il commence à éliminer ceux qui peuvent le rattacher au meurtre de Weissner.

– Vous êtes vraiment sûr que c'est lui qui a tiré sur Weissner ?

– Oui. Abdullah n'avait pas d'arme et le tireur était blond, ça disqualifie Blanchette.

– Inspecteur, je ne peux pas vous donner Big Brother, j'ai encore besoin de lui. Menez votre enquête si vous voulez, collez-le au mur et alors je lèverai les pouces, mais en attendant, j'en reste là et je ne vous ai jamais rencontré.

– Vous êtes une pute. Je vous encule, Reno.

– C'est ça, mais prenez la queue, vous n'êtes pas tout seul.

Alors qu'il quittait le garage, David fut rattrapé sur le trottoir par un barbu au look décavé de héros *sixties*. Seul son regard aux yeux délavés, brûlants de violence, indiquait un homme de fer dans un corps fantoche.

– Nolane, attendez une seconde.

– Oui ?

– Mon nom est sans importance, mais vous pouvez

m'appeler Rollerball. J'étais dans la promotion de Carl au concours des inspecteurs. Je connais Marie également, je viens de lui envoyer un chèque. Je me sens responsable, vous comprenez.

– Non, je ne comprends pas, expliquez-vous.

– C'est moi qui ai indiqué le deal Abdullah à Carl. Je savais qu'à vous deux vous auriez les couilles pour serrer ce gros porc et surtout cet enfoiré de Big Brother. Il déglingue des petits dealers de quartier pour rafler les képas et se faire ses piquouzes gratos. Ce mec est une merde.

– J'avais remarqué. Merci pour Marie, mais en ce moment je pense à ma fille. Elle a contacté Big Brother et ses questions n'étaient pas innocentes.

– Deux conseils, Nolane : protégez-la et tuez-le.

Puis Rollerball enfourcha une 900 Kawasaki et démarra en douceur avec pour David un ultime regard éteint accompagné d'un mouvement du menton.

11

David ne rentra pas directement chez lui. Il tourna de bar en bar, cherchant la solution pour en finir avec Big Brother. Partagé entre l'envie de coincer le flic et de crier tous aux abris. Reno avait dit « incontrôlable », ça voulait tout dire. Il but, accoudé contre des zincs de Strasbourg-Saint-Denis, prenant part à des conversations d'ivrognes, donnant son avis sur la question de savoir s'il fallait ou non faire revenir Papin en équipe de France. Puis il orienta sa voiture vers Montreuil et stoppa devant l'immeuble de Marie Weissner. L'air frais le dégrisa. Il glissa dans sa bouche un chewing-gum au citron et sonna à la porte de la jeune femme.

– Ah c'est toi, David, justement je voulais t'appeler, j'ai… mais rentre donc, ne reste pas dehors.

– Oui, tu as dû recevoir un chèque.

– C'est ça, tu es au courant ?

– Je vais te raconter toute l'histoire, tu as le droit de savoir.

Et il s'exécuta. Quand il eut fini, elle leur servit deux whiskies bien tassés.

– Je comprends bien ton écœurement, David, mais pour moi Carl est mort. C'est ça le drame, alors que ce soit un flic véreux ou taré, voire un dealer de série B qui l'ait tué, je m'en fous. Il ne reviendra plus, je n'entendrai plus son rire. Des fois quand les grilles de l'ascenseur se referment à l'étage, je me colle à la porte, je me dis c'est Carl qui revient. Mais non, alors je regarde n'importe quoi à la télé.

– Tu dois faire front pour Stéphane, Marie.

– Bien sûr. Ça va passer, je le sais mais je suis encore sous le choc. Il faut que je retrouve un job tout d'abord, pas tellement pour le fric, car l'assurance de la police est importante, mais surtout pour m'occuper l'esprit. Comment va Zoé ?

– Pour le moment, elle est vivante, sinon j'aurais été prévenu.

– Embrasse-moi gentiment, David, j'ai besoin de tendresse.

Il prit la jeune femme dans ses bras et posa ses lèvres sur les tempes aux fins réseaux veineux de Marie. Elle s'apaisa. David promit de revenir et regagna sa Clio.

À Pantin, il fut surpris par le martèlement des baguettes sur les drums, à la cave. Il descendit dans le repaire de Zoé qui malmenait sa Tama de façon métronomique, cheveux en bataille, lèvres pincées.

– Borelli ne garde plus le matos ?

– J'en ai marre de faire les premières parties. Pochot et moi on en a parlé avec Borelli mais il rechigne à se lancer dans l'acid jazz. Du coup, Pochot nous a trouvé trois jours de suite dans une boîte vers Château d'Eau, alors j'ai repris les drums et je répète ici dans la journée.

– Très bien. Tu es quitte avec Borelli ? Le deal, c'est terminé ?

– Oui, oui, pratiquement.

Tout de suite, il sut qu'elle mentait.

– Zoé !

– Bon, j'ai une dernière livraison après-demain. Le soir même je rembourse la batterie et basta Borelli.

– Tu dois faire attention, Zoé. J'ai vu ce mec, Reno, un enfoiré de première mais lucide, le gus. Big Brother est incontrôlable et quand je lui ai glissé qu'il avait buté Blanchette, il n'a pas relevé. Si ce camé de merde se rappelle tes manœuvres d'approche, il risque de te chercher pour te faire cracher ta Valda. À partir d'aujourd'hui tu vas prendre mon Smith de réserve et si tu croises le Brother, tu tires sans sommation.

– Ben, dis donc, c'est la guerre.

– Il y a de ça.

– Il décide quoi, Reno ?

– Big Brother est un grand flic, Big Brother sait plein de choses crapoteuses, il peut encore servir, etc. C'est tout juste s'il ne m'a pas dit que Carl n'a pas volé ses deux balles de .38.

– Comment peux-tu continuer à travailler quand tu sais que des mecs comme ça font le même boulot ?

– J'essaie de garder le nez propre et puis dans quoi pourrais-je me reconvertir ?

– Tu pourrais jouer du triangle avec Killing Zoé.

Il lui balança un coussin en pleine figure. Elle tomba le cul sur le dallage en riant.

– Dis donc, David, au lieu de déconner, tu pourrais peut-être essayer de loger Big Brother, ça nous donnerait un avantage.

– Oui, je me demande ce que peut bien faire ce fils de pute à l'heure qu'il est.

Big Brother étira sa longue carcasse sur le plumard. Il portait un pull noir ras du cou et des jeans. Ses bottes mexicaines dépassaient des jeans. Le jeune flic qui l'accompagnait répondait au pseudo de Daniel, arborait une coupe GI au rasoir et sa maigreur inquiétante indiquait le junk à l'avenir bétonné. Ils occupaient un studio anonyme dans une tour du XIIIe arrondissement, rue Dunois.

Big Brother leva un œil glauque.

– Reparle-moi de ton mec.

– Il s'appelle Diego Montalban, c'est le bras droit de Borelli, un mec qui dirige une petite boîte de rock vers la porte de Clignancourt.

– Je connais un Borelli, mais c'est un grossiste héro/coke.

– C'est le même. Diego ne peut pas blairer la fille qui deale sur Barbès en ce moment. Ce mec est un peu dingue, je crois qu'il veut lui piquer sa batterie et ça l'arrangerait qu'elle disparaisse.

– Ça, c'est pour t'amuser, Daniel. Combien il demande en réalité ?

– Cinquante/cinquante.

– Il n'aura rien, j'ai horreur des donneurs. Tu le butes dès l'opération terminée.

– Mais…

– Mais rien. Combien transporte cette fille ?

– Heu… demain soir elle deale pour la dernière fois et Borelli lui fait faire la tournée des grands-ducs. Diego dit deux cents grammes.

– Pas mal.

– Heu… je voulais te demander, si ça tourne mal comment on justifie notre intervention sur une dealeuse ? Ça ne fait pas partie du job défini par Reno.

– Coïncidence. On est tombés sur un deal en cours et notre merveilleux réflexe de flic nous a dicté d'intervenir.

– Ouais, c'est limite quand même.

– Petit, on la joue comme ça. Bon, attends-moi une minute, j'ai une urgence.

Le Brother tira de sa poche une seringue flambant neuve et orienta sa démarche incertaine vers la salle de bains. Daniel ne cessait de se lever et de s'asseoir. La peur qu'il avait de Big Brother était pire que celle que pouvait lui inspirer l'arnaque de Diego.

De plus, il ne se ressentait pas de liquider l'Espagnol. Tout cela prenait des proportions plus qu'inquiétantes pour le jeune flic. Big Brother revint dans la pièce, un homme neuf. Il s'allongea de travers sur le lit, dos au mur et se cala avec un coussin.

– Ça te vient d'où, ton pseudo de Big Brother ?

Le flic soupira, ferma les yeux, laissant le passé pénétrer son cerveau sous tension.

– C'est l'histoire d'un disque. Quand je me coltinais l'école de police, j'écoutais sans arrêt un album de Janis Joplin accompagnée par Big Brother and the Holding Company. Tu connais ?

– Non, j'vois pas.

– Ouais, t'es trop jeune. Il y avait des morceaux géants sur ce disque : *Ball and Chain*, *Summertime*… C'est Crumb qui avait dessiné la jaquette. Alors les mecs ont pris l'habitude de m'appeler Big Brother. Pendant des années j'ai travaillé sous mon vrai nom mais, quand Reno m'a demandé un pseudo pour travailler en sous-marin, je me suis souvenu de Big Brother.

– Tu as quel âge maintenant ?

– Quarante.

– Mais…

– Je fais plus jeune, je sais. Parle-moi de la fille.

– Diego ne m'a rien dit. Pourquoi tu veux savoir ?

– J'aime bien cerner les problèmes dans les détails. Alors quand tu me dis que c'est une fille qui deale sur Barbès, je m'étonne, car c'est nouveau, ça vient de sortir. Tu comprends, ma biche ?

– Me traite pas comme un pédé !

– Ça n'a rien d'insultant. T'as la tête pleine de merde. J'ai vu des homos emportés par le sida qui pouvaient mourir avec dix fois plus de dignité que des petits machos hétéros à la con.

– Ouais, le sida, je dis pas. Mais se faire mettre quand même…

– Daniel, fais-moi plaisir : ferme ta grande gueule.

On sonna à la porte. Big Brother indiqua le panneau du menton à Daniel. Celui-ci s'approcha de l'entrée et couina :

– Qu'est-ce que c'est ?

– C'est moi, Diego.

Daniel déverrouilla la porte et Diego Montalban pénétra dans la pièce. Débarrassé de l'omniprésence de Borelli, il reprenait de sa superbe, le cul bien relevé, campé sur ses talonnettes avec dans le regard le feu ravageur d'un Dominguin périphérique.

Daniel fit les présentations. Big Brother se redressa et s'appuya contre un mur entre la porte et la fenêtre. Diego se tourna vers lui :

– Daniel vous a expliqué ?

– Oui. Parle-moi de la fille.

– Elle joue de la batterie dans un groupe à la con. De l'acid jazz ça s'appelle. Pour payer sa batterie et pouvoir jouer certains soirs, Borelli lui a proposé de dealer en remplacement d'un Tunisien qui rentre dans deux jours.

– Pourquoi cette fille plutôt qu'un autre mec de l'orchestre ?

– C'est une junkie, ça aide.

– Son nom ?

– Zoé Nolane.

Tendu, le Brother. Il fixa de ses yeux durs l'Espagnol qui perdit contenance.

– Qu'est-ce qu'il y a ? J'ai dit une connerie ?

– C'est la fille de ce flic, Nolane, qui faisait équipe avec Weissner ?

– Heu… oui.

– Ça ne va pas. Il y a un truc, une arnaque derrière tout ça.

Diego roula des yeux étonnés. Big Brother sous pression, concentré, commença à tourner dans la pièce.

Daniel, tétanisé.

– Nolane me cherche pour le meurtre de Weissner…

– Non, non, ne me dites rien, je ne veux rien savoir, supplia Diego.

Mais Big Brother ne l'entendit pas, mâchoires serrées, regard brûlant.

– Ensuite une fille, une junk, me pose des questions à la Porte Magique et maintenant toi, l'Espingo, tu me proposes de braquer une dealeuse qui est justement la fille de Nolane. Ton histoire pue, mon garçon. Pour qui tu travailles ?

Éperdu, l'ami des corridas.

– Mais, inspecteur, y a pas de lézard. Putain, je vous jure sur la tête de ma mère. Mon boss, c'est Borelli, je travaille pour personne d'autre. Cette fille, c'est son dernier soir. Je l'accompagne un bout de chemin, car la marchandise vaut un paquet, et après je vous la laisse.

Big Brother passa l'Espagnol au laser. Le cœur, le foie, les reins. Il se mordilla la lèvre.

– Elle est armée ?

– Peut-être une lame mais pas de calibre.

– Son trajet ?

– 22 heures au 12, boulevard Barbès, 22 heures 30 au carrefour Château Rouge et vers 23 heures devant le café arabe rue Stephenson, juste avant le pont. De toute façon, vous bilez pas, je vous la montrerai.

– Non, justement.

– Quoi, comment ça ? Et ma part, je la récupère quand ?

– Maintenant, proposa Big Brother.

Il sortit vivement son .38 et colla une balle au milieu du front de Diego Montalban qui en chutant provoqua un léger désordre dans le studio nickel.

– Putain, c'est pas vrai, c'est pas vrai, tu l'as buté !

Daniel roulait des yeux fous, se tordant les mains. Un délicat. Son compagnon se tourna vers lui en souriant, délivré de ses doutes, de ses frayeurs.

– Je t'évite encore une corvée. Qu'est-ce qu'on dit ?

– Hein ? Heu… merci. Merde, tu l'as tué, mais qu'est-ce qu'on va faire ?

– Prier pour son âme, tu sais faire ça ?

– Oh, Seigneur !

– C'est bien pour un début, tu connais la suite ?

12

Zoé graissa le Smith et Wesson puis le chargea méthodiquement. David venait de partir chez Marie Weissner. Il voyait beaucoup Marie depuis quelque temps, pensa Zoé. Puis elle enfila une veste noire matelassée assez longue avec de grandes poches latérales. Le Smith trouva sa place dans la poche de droite.

21 heures 30. Elle cadra l'entrée du palace de Borelli : encore un groupe de bouseux texans. Ce mec était naze. Elle frappa à la porte du bureau. Borelli lui cria d'entrer. Costard à rayures de toubib, une angoisse humaine.

– Je suis prête.

– Moi aussi mais Diego n'est pas là. Pour une fois qu'on a besoin de lui…

Elle extirpa son arme de sa poche.

– Ne vous bilez pas, j'ai des arguments frappants.

– Ah bon, si tu es armée, ça change tout. Tiens, voilà les paquets : tu connais le circuit. Quand tu auras terminé, repasse par ici, je mettrai le fric dans le coffre. Il y en a pour un max aujourd'hui.

Elle opina du chef, servile.

– Tu me rembourses quand pour la batterie ? s'inquiéta Borelli.

– Ce soir.

En regardant ailleurs, comme affairé, il suggéra :

– Tu me rendras seulement la moitié de la somme et ça ira.

– Pourquoi cette générosité ?

– Tu m'as rendu service et tout s'est bien passé, c'est ta prime de départ.

– O.K., boss, à tout à l'heure, minauda Zoé.

Elle plongea dans Barbès. Le métro aérien trouait la nuit très loin au bout du boulevard. Un convoi étincelant en route pour l'éternité. Des couscous aux allures de salles de bains proposaient la barbaque habituelle, de jeunes beurs nerveux lui proposèrent de la marijuana. Elle sourit. Plus loin, après Château Rouge, le boulevard sombra dans des zones d'ombres. Au 12, le deal se passa sans histoire. Un journaliste plein aux as partait couvrir la guerre dans l'ex-Yougoslavie. Un mois sous les bombes et les rockets. Le type partait avec ses rations de combat. Puis elle tourna le dos au boulevard de Rochechouart et remonta sur Château Rouge. Trois dealers sans déontologie – comme disait Borelli – l'attendaient. Cent grammes qu'ils allaient couper pour en faire trois cents. Des rats. Leurs pupilles dilatées indiquaient des consommateurs. Elle ne se sentit plus en phase avec cette petite pègre. En fait, elle pensait stopper la dope dès la semaine prochaine. Sous sa main gauche, dans sa poche, elle caressa le petit livre rouge. Elle éprouva la sensation fugace que ce livre l'avait aidée à retrouver le contrôle. Puis Pochot vint percuter ses pensées. Avaient-ils un avenir tous les deux ? Elle haussa les épaules, il fallait vivre au jour le jour, jouer la bonne musique et c'est marre.

L'échange avec les trois dealers dura plus longtemps que prévu. Ces enfoirés réclamaient toujours des ristournes. Finiront épiciers rue de Chartres. Enfin, elle abandonna Château Rouge et prit la rue Doudeauville pour gagner Stephenson. Le type qui l'attendait à deux pas du café arabe était directeur de création dans une agence de pub. En fait, il regroupait les achats du staff créatif de l'agence. Ces types-là croulaient sous le pognon pour vanter avec des mots stupides des produits que les consommateurs achèteraient de toute façon. Shit, man.

Il lui fit signe dans le trou noir jouxtant le halo de lumière dispensé par le café.

– Alors Zoé, tu m'apportes le big cadeau ?

– On n'a pas gardé les vaches ensemble, mec, alors tu te calmes. Montre-moi la thune.

Il s'exécuta en bougonnant.

– Avec le petit cul que tu te payes, tu pourrais poser pour de la pub, Zoé. Tu veux pas devenir une star ?

– Si, mais pas en montrant mes fesses à un taré comme toi.

– Evangelista, Mulder, Campbell, ça te fait pas rêver ?

– Mec, je suis MUSICIENNE. Tu piges ?

– Tu joues de la flûte sous le bureau de Borelli ?

Elle se retint de lui mettre un pain dans la gueule. Au même moment, derrière Montero, c'était son nom, elle avisa une Safrane grise. Deux types baraqués en blousons de cuir sortirent de l'automobile pour se diriger vers elle. Le plus grand restait dans l'ombre mais l'autre, à cinq mètres, sortit de sa poche une carte barrée de bleu, blanc, rouge.

– Police. Appuyez vos mains contre le mur, écartez les jambes, comme à la télé.

C'est alors que le second flic émergea de la pénombre. Big Brother. Un feeling papou dans le cœur de Zoé. Ils se dévisagèrent, tendus, prêts à exploser. Elle se reprit la première.

– Je te croyais journaliste.

– J'ai sauté sur une opportunité, Zoé.

Il savait son nom. Il savait tout. Il éliminait tous ceux qui le reliaient au crime de Weissner.

Le second flic s'impatientait. Il fit le geste de sortir une arme. Elle se plia en deux et, à travers sa poche, logea trois balles serrées dans le cœur du Brother. Puis elle boula sur la chaussée pour se mettre à l'abri des voitures en stationnement.

Daniel, le second flic, hurla d'une voix de fausset :

– Sors, salope, si t'es un homme !

N'importe quoi.

Elle le vit s'approcher et fit gronder le Smith et Wesson. Blessé à l'épaule, il chuta lourdement sur le bitume.

Montero, son publicitaire préféré, s'était évaporé. Alors elle courut comme une dératée, le pont, le boulevard, le cœur qui cogne, le dernier métro. Papa, j'ai tué un flic. Elle sauta sur le quai Nation au moment où une rame pénétrait dans la station Barbès. Elle se rencogna sur un strapontin. Masquée, le cerveau à dix mille tours. Tricarde, maintenant. Elle avait tué un flic, en avait blessé un autre. Elle connaissait ces fumiers. Ils voudraient sa peau. Disparaître, se fondre. Surtout, ne pas mouiller David. Elle pensa : Pochot. Se refaire rapidos. Putain, il lui fallait un shoot, un calmant, n'importe quoi. Elle mit le cap sur Bagnolet. Dernier bus pour Malassis. La saloperie de bus, l'ascenseur.

Quand il ouvrit, elle n'eut qu'un cri :

– Christian, sauve-moi.

Richard Reno logea Nolane chez Marie Weissner, à minuit. Ils avaient fait l'amour. Sans joie mais avec une dépense physique qui les avait rassasiés.

Marie décrocha.

– Un certain Reno.

Nolane se glaça. Tout de suite : Zoé.

– Nolane ?

– C'est moi.

– Comme vous êtes au pieu avec Marie Weissner, je suppose que Zoé n'est pas avec vous ?

– Effectivement, qu'est-ce qui se passe ?

– Elle a buté Big Brother et blessé son coéquipier.

Ça s'est fait dans des circonstances, heu, étranges de la part d'une fille de flic.

– Oui ?

– Elle dealait de l'héroïne. Elle a laissé choir ses képas en filant et son client l'a donnée. Il était prêt à faire tomber le Premier ministre pour ne pas avoir son nom dans le journal, ce pédé. Bon, Nolane, une dealeuse, junkie de surcroît, tue un flic de ma division. Je vous laisse imaginer l'ambiance autour de mon bureau. Alors, une seule question : où est-elle ?

– Reno ?

– Oui.

– Encore une fois : je t'encule.

Puis David raccrocha. Il enfila ses vêtements avec précaution, le cerveau en ébullition. Marie le regarda faire sans intervenir. Elle ne risqua qu'une question :

– C'est Zoé ?

– Oui. La bonne nouvelle de la journée te concerne, Marie : l'assassin de Carl est mort.

Des sanglots muets la secouèrent. Il l'embrassa tendrement sur le front, rafla son blouson et pénétra dans la nuit de la cité.

Il rentra chez lui et passa le pavillon au peigne fin, mais Zoé n'avait laissé aucun mot, aucune piste.

Restait qui ? Il dénicha dans la chambre de Zoé le téléphone du saxophoniste.

– Christian Pochot.

– Bonsoir, c'est David Nolane, le père de Zoé. Est-elle chez vous ?

– Oui, mais elle vient de partir à l'instant.

– Elle vous a dit où ?

– Non, pour que je ne puisse pas le répéter aux flics. Elle ne veut pas que vous la cherchiez.

– A-t-elle expliqué ce qui s'est passé ce soir ?

– Brother et un autre flic ont essayé de la serrer en

plein deal. L'un des deux a sorti son arme. Alors elle a tiré. Elle dit que Big Brother connaissait son nom alors qu'il n'aurait pas dû.

– Elle a été donnée par Borelli ou l'un de ses hommes aura vendu la mèche.

– Je ne sais pas. Qu'est-ce que je dis aux flics ?

– La vérité. Comme vous ne savez pas où elle se cache, vous ne risquez pas grand-chose.

– Bon. C'est tout ?

– Oui, merci.

Ils raccrochèrent simultanément.

David fit le tour des pièces et se planta devant un panneau de photos de vacances qui ornait le mur de la chambre de Zoé. Et là, il sut où elle se planquait. Au chalet. Voici quinze ans, David et Élisabeth avaient fait l'acquisition d'un chalet à Crolles, dans la banlieue de Grenoble. David s'y rendait rarement, il n'aimait pas trop le climat rude de la région, mais Zoé y avait fait de fréquents séjours. Pour se ressourcer, disait-elle. « Je dois la retrouver avant que les hommes de Reno ne l'abattent comme un chien. »

Il empila quelques vêtements dans un sac de sport, verrouilla l'appartement et mit le cap sur Grenoble au volant de sa Clio, le cœur aux quatre cents coups, la tête en feu.

Reno, Daniel – le bras en écharpe –, Rollerball et deux autres flics des stups tenaient meeting dans le bureau de Reno. Yeux mités, gobelets de café à la main. Ces mecs finissent par ressembler à ceux des séries télévisées.

– Quelqu'un a une idée ? proposa le patron.

Rollerball leva la main, l'œil goguenard.

– Elle nous a débarrassés du Brother. Pour moi, ce

mec était une pourriture. Personnellement, je laisserais tomber. On pourrait filer une décoration à Zoé, non ?

– Fais chier avec ton humour de merde. C'était un flic de la division NC. On ne peut pas laisser filer comme ça. Si on apprend que vous pouvez vous faire buter par une dealeuse de vingt piges sans qu'on bouge, tous les flics vont rigoler, objecta Reno.

– En plus, j'ai failli y passer, grogna Daniel. Je veux la peau de cette salope.

– Et Weissner ? personne n'en parle, s'amusa Rollerball.

– Rien n'est prouvé pour Weissner.

– Ben voyons, et comme Blanchette et Big Brother sont morts, ça arrange tout le monde, n'est-ce pas, persifla Rollerball.

Reno s'interposa en desserrant sa cravate. L'homme de fer, attention les yeux.

– Qu'est-ce que tu nous fais, Roller ? T'es dans un trip Monsieur Propre ?

Rollerball ne répondit rien, sortit sa carte de police et la déchira en deux.

– J'en ai marre de vivre dans cette chienlit permanente. Je me tire, salut.

– Hé, Roller, on ne part pas comme ça de la division, intervint Reno.

– Ah oui. Et vous comptez m'en empêcher ?

Rollerball se tenait près de la porte, la main sur la poignée. Sous son aisselle, un 357 magnum était suspendu à un étui de cuir poli. Il posa la main sur l'arme en souriant. Tout le monde la boucla.

– Face à ce silence approbateur, j'en conclus que je suis autorisé à partir.

Il quitta la pièce sans claquer la porte. Un silence gêné suivit son départ. Daniel, hargneux comme un vulgaire roquet, se tourna vers Reno.

– On peut obtenir l'autorisation de perquisitionner chez Nolane, non ?
– Tu es fou ! En plus, il s'agit d'un flic en exercice.
– D'accord, mais elle vivait chez son père !
– Effectivement.
– Alors, on y va au flan. On fouille et on remet tout en place, je suis sûr qu'on trouvera une piste. Qui est d'accord ?

Les deux flics hochèrent la tête. Reno s'interposa.

– Premièrement, je ne couvre pas cette expédition. Si tu es pris, Daniel, c'est pour ta gueule. Deuxièmement, si Nolane rentre chez lui pendant la perquise, fais très attention, il tire beaucoup mieux que sa fille. Dans ce cas, tu joues profil bas, type cambrioleur de seconde zone et vous vous tirez vite fait.
– O.K., c'est parti, conclut Daniel.

Il fallut une bonne heure à Daniel pour comprendre que le chalet figurant sur plusieurs photos dans la chambre de Zoé était situé à Crolles, près de Grenoble. Les trois flics, seuls pourtant dans la maison, parlaient bas.

– On ne va pas se coltiner Paris-Grenoble sans certitude, objecta l'un d'eux.
– Non, c'est vrai, convint Daniel. Mais on peut demander aux gendarmes du coin d'aller vérifier si le chalet est habité et par qui. On peut faire agir Serguine sur ce coup-là sans se mouiller nous-mêmes.
– Elle est capable de buter les pandores.
– Ils débarquent toujours à cinquante. Il en restera suffisamment pour lui coller une balle dans la tête… Comment vous voyez ça ? demanda Daniel.
– Ça paraît bien, mais quand on aura la réponse de la gendarmerie, il vaudrait mieux leur demander de ne pas intervenir…

– Juste, et on viendra terminer le boulot nous-mêmes. J'appelle Reno pour qu'il réveille Serguine. Quoi d'autre ?

– Nolane.

– Il est parti en vitesse, ses vêtements sont en bordel sur son lit et il a oublié d'éteindre dans la salle de bains.

– Parti où ? insista le plus jeune flic.

– Grenoble. Qu'est-ce que tu crois ?

La neige cessa de tomber quand Zoé poussa la porte du chalet en soupirant. La caisse de Pochot, un tas de boue. Le visage ravagé, le cerveau en feu, à deux pas du délire, elle se laissa choir sur un rocking-chair et se balança tel un autiste rêveur.

David la trouverait, il n'était pas flic pour rien. Le temps passa et la clarté falote du soleil vint frapper les vitres de la fenêtre. Elle se remit sur pied, plongea le nez dans son sac Tati et en sortit la seringue et ses deux derniers képas. La tambouille, la cuillère puis le shoot d'enfer qui la colla contre le mur. Elle glissa sur le sol.

Quinze minutes plus tard, elle s'enfila deux Dexédrine pour faire bon poids et la tête au Népal se plongea dans le petit livre rouge.

Elle changea ses vêtements pour une vieille robe au style vaguement indien et passa un temps fou à mater ses cheveux rétifs pour se confectionner des tresses minuscules.

À l'aide d'une vieille boîte de peinture abandonnée par Élisabeth, elle se peignit sur le visage des signes cabalistiques censés évoquer des peintures de guerre.

Ainsi attifée, elle se sourit dans la glace. Le speed accélérait les images dans sa tête, elle était marquée, une tueuse-née. Ils ne la prendraient pas vivante. Fort

Alamo, une nostalgie, mais aussi un exemple. Elle masqua les miroirs de la maison et partit à la chasse aux munitions. Une vieille boîte de balles sommeillait au grenier. Elle s'activa sur le matos pendant une bonne heure. Des nuages lourds de neige voilèrent peu à peu la clarté matinale.

Zoé posa sur la table son matériel de survie : le livre rouge et le calibre. Elle prit une feuille blanche et, en tremblant comme un abonné au lithium, elle commença à rédiger un poème d'une écriture saccadée. Enfin, elle fut prête.

Abrutie de fatigue, elle s'écroula sur un divan déformé et s'endormit comme une masse.

À son réveil, les objets lui parurent phosphorescents. Elle pointa le nez à la fenêtre et aperçut la voiture de David qui progressait lentement sur la route en contrebas du champ de neige.

Elle commença à fredonner une mélopée puis ouvrit la porte, le corps cinglé par le froid vif. À cinquante mètres, David sortit lentement de son véhicule et contempla, paupières plissées, cette apparition.

– Zoé, ma chérie, ne t'affole pas, on va rentrer à la maison.

Mais là où Zoé était parvenue, le mot *maison* n'avait plus aucun sens.

Revolver en main, elle commença à descendre vers David en hululant un sabir censé signifier un chant des morts. Puis elle accéléra le pas et commença à tirer des coups de feu sur Nolane qui plongea dans la neige. À quinze mètres, elle ne pouvait plus le rater. Moitié hurlant, moitié pleurant, elle évacua ses derniers pruneaux.

Dans le corps de David, le flic reprit conscience. Il boula dans la poudreuse puis, dans un réflexe inhumain, empoigna son arme et logea deux balles vicieuses dans le corps de sa fille qui vint rougir la neige à ses pieds.

David s'écroula près d'elle, la comprima dans ses bras forts, balbutiant des mots sans suite, ma chérie, ma chaboune, mon petit ange. Il lui massa le cœur, colla ses lèvres à sa bouche mais en vain.

Zoé voyageait dans la vallée de ses ancêtres. David ouvrit la main gauche de sa fille et en retira le livre rouge, corné à la page 38.

« Pour retrouver l'harmonie, tu périras par la main d'un des tiens. » Un frisson terrible le secoua. Il déplia la feuille de papier blanc coincée dans le petit livre et déchiffra l'écriture tordue alors que de lointaines sirènes de police progressaient vers lui.

« Oh père qu'ai-je oublié
Qu'ai-je perdu en voulant me sauver.
Un peu de poudre
et trois électrochocs
sans pouvoir te rejoindre et t'aimer.
Aujourd'hui je marche dans la beauté
Lavée de la folie des hommes
délivrée de la blanche.
Oh père je n'oublierai jamais tes yeux
et ta main à minuit
sur mon front brûlant
ne me hais pas
le rouge est ma couleur. »

Il se plia en deux sur le corps de Zoé. Autour de lui, des gendarmes s'activaient, des voitures officielles meurtrissaient les congères.

– C'est vous, Nolane ? demanda un brigadier.

Il sortit sa carte et la colla sous le nez du gendarme qui emballa son revolver dans un sac de plastique.

Puis, comme dans une gaze, il perçut la voix d'un jeunot s'adressant à son collègue.

– Hé, t'as remarqué que les balles du Smith étaient toutes chargées à blanc ?

David leva la tête vers le ciel. Le vent se chargea de sécher ses larmes et c'est à ce moment précis que la neige commença à tomber.

L’homme est un animal

Mariage

La mariée pénétra dans le Mobile Home. Sa robe de chez Tati la boudinait à la taille, car elle était enceinte de trois mois.

– Marcia, cambre-toi, lui intima sa mère.

La gamine, âgée de dix-huit ans, indiqua l'anneau de fer blanc qui ornait son annulaire et déplia son majeur avec une grimace à l'appui qui indiquait clairement : « Va te faire foutre, maman chérie. »

Puis la noce la poussa à l'intérieur du véhicule. Ils s'étaient arrêtés *Chez Marcel,* à l'autre extrémité de la cité, pour arroser l'événement et trois d'entre eux s'étaient pris une biture au blanc sec, histoire de se mettre en bouche. La pluie commença à tomber peu après et la noce, qui progressait à pied, avançait depuis quinze minutes dans la boue, les vêtements collés au corps par les rafales liquides. Trouver refuge dans le Mobile Home s'imposait. Ils allumèrent de suite les néons qui mirent en évidence les nains de plastique délimitant le jardinet des Santoni – c'était leur nom – et au centre duquel des arabesques de coquillages voisinaient avec des plants de haricots blancs.

Ils avaient bombé sur le flanc de la caravane « Le Pen avec nous » qu'un gamin du voisinage avait corrigé en « Le Pen enculé ».

La peinture – tenace – ne pouvait s'effacer et ils avaient décidé que finalement, Le Pen, ils s'en tapaient comme de l'an quarante.

À l'intérieur du Mobile Home, Marcia s'arma d'un sèche-cheveux et entreprit de faire sécher sa robe blanche à fanfreluches. Le père du marié plaça sur orbite une vieille scie de Patricia Carli, *Arrête, arrête*, et tous les adultes se mirent à rouler du cul comme des pédés, jouant les chochottes qui ne veulent pas se faire tripoter. La classe absolue. Le marié, un blondinet effacé qui n'était pas responsable de l'état intéressant dans lequel se retrouvait Marcia, sirotait sur un tabouret de cuisine une bière éventée. Au chômage depuis huit mois, il avait reçu comme une bénédiction la proposition du père de Marcia : épouser sa fille contre un emploi de manutentionnaire chez Merlin Gérin. Il pouvait dire adieu à sa famille de péteux, marcher la tête bien droite dans la rue et, si Marcia y consentait, tringler de temps en temps pour l'hygiène.

Marcia posa son sèche-cheveux, passa dans la chambre et fit glisser par-dessus sa tête le bustier blanc toujours humide qu'elle remplaça par un tee-shirt Banga rouge et jaune. Pour oublier toute cette merde de mariage, elle avait passé la soirée précédente avec Rachid à se déglinguer à la Carlsberg puis il l'avait prise contre une Volvo sur le parking de la cité et ses cris avaient réveillé trois étages du B4. En émergeant le matin même, elle avait la tête dans le cul et arborait une moue boudeuse.

Son père passa la tête par la porte.

– Qu'est-ce que tu fous, tout le monde t'attend !

Il remarqua les seins haut dressés sous le tee-shirt et en pinça les mamelons à travers l'étoffe.

– T'es ma p'tite pute, hein, Marcia ?

– J'ai pas envie de sucer maintenant, dégage.

Un peu déçu, le père s'éloigna alors qu'une main anonyme venait de placer sur la mini-chaîne une chanson lobotomisée de Nana Mouskouri, les tréfonds de l'angoisse humaine. Marcia se contempla dans la glace : une robe blanche de mariée et un tee-shirt Banga, ça en jetait un max. Elle cerna son front d'un bandana vert pour juger de l'effet puis, satisfaite par son apparence, compléta l'ensemble avec un anneau métallique qu'elle s'enfila dans la narine droite. C'est Raoul, une folle du piercing survivant dans le C2, qui l'avait initiée à cette forme d'art moderne et intéressant. Raoul lui avait placé un anneau sur la grande lèvre gauche de son sexe violacé, mais seul Rachid en connaissait l'existence. Évoquer le jeune Arabe lui arracha un gémissement, elle essuya une larme au moment où la porte s'ouvrit, proposant les visages hilares et congestionnés des deux familles qui hurlèrent en chœur : la jarretière, la jarretière.

Bref, on ne s'ennuyait pas chez les Santoni. Celui qui avait la haine, c'était Rachid. Bien calé sur son cyclomoteur, derrière le B2 de la cité, il avait assisté au retour triomphal de sa môme flanquée de toute cette bande de ploucs. Penser à Marcia décuplait sa rage. Il boucla son casque intégral, remonta la fermeture à glissière de sa parka verdâtre et actionna la manette des gaz de sa misérable Peugeot, une 49 cm^3 bleuâtre avec des chromes sur le réservoir. Puis il gagna à toute allure le Mobile Home qui tanguait à 150 mètres de la cité. Dans la gadoue et les flaques d'eau, il décrivit des cercles concentriques autour du bunker Santoni. Il avait viré le pot d'échappement pour que tous les fumiers de flics puissent en profiter. Par-dessus le bruit des gaz, il commença à hurler tel un cheyenne lancé dans l'attaque du convoi qui rapporte le courrier à Fort Alamo. Des têtes couperosées apparurent bientôt derrière les hublots de la caravane. Les cercles que décrivait le cyclomoteur se resserrèrent de façon à éclabousser les flancs immaculés de ce havre de Bonheur, de Calme et de Volupté.

– Marcia, j'ai conclu un accord avec le père de ton mari ; alors tu vas me virer ce bougnoule qui déshonore ma famille.

– C'est une histoire de mecs, démerde-toi. J'peux rien faire, il m'a dans la peau.

– Marcia !

– Merde.

Elle se ramassa un aller-retour fulgurant. Rageuse, elle cracha :

– Je sais pourquoi tu me tapes : parce que ta bite à côté de la sienne, c'est rien qu'un vermicelle de contrebande.

Tous les hommes présents pouffèrent dans leur coin. Les femmes fermèrent les yeux essayant d'imaginer l'organe fantasmatique.

– Bon, qu'est-ce qu'on fait ? s'énerva le père.

– Mets la musique plus fort, on l'entendra plus, suggéra Sylviane, la mère de Marcia.

Ils montèrent le son, mais l'Arabe faisait un boucan d'enfer et ils avaient beau se concentrer sur leurs bouteilles de blanc qu'ils descendaient comme à la parade, l'enfoiré de bougnoule leur prenait la tête.

À 21 heures, Jacky, le père de Marcia, décrocha un Ingram, planqué sur la cloison derrière l'armoire. La voix pâteuse, il prononça ces mots définitifs :

– Faut en finir.

Ceux qui venaient de vomir approuvèrent comme un seul homme. Les autres, préoccupés par leur estomac, se tenaient très près des W.-C. au cas où. Marcia n'avait pas bu. Elle décida de sortir pour voir jusqu'où cette bande de poivrots pourrait déjanter. C'était comme à la télé. Elle eut fugitivement l'impression de jouer le rôle-titre dans un feuilleton de l'été.

Une pluie fine avait fait place aux bourrasques. Jacky leva son arme vers Rachid qui tournait un peu trop vite à son gré.

– T'auras jamais ma gosse, raton. Rentre vite dans ton pays à la con ou j'te crève ici même.

– Elle porte mon enfant, elle est à moi, hurla Rachid en accélérant.

Jacky tira à plusieurs reprises sur le jeune Arabe. Marcia lui sauta sur le dos, essayant de lui arracher l'arme des mains.

– Tu veux l'crever parce que t'es jaloux, vieux con !

Ils roulèrent dans la gadoue, cramponnés au pistolet-mitrailleur et ne firent plus qu'un seul corps monstrueux progressant tel un iguane pataud. Rachid se porta vers eux, balança un coup de latte dans la tête du vieux et, tel un Géronimo conquérant, arracha sa gosse à la boue et la hissa sur son porte-bagages pendant que les rares hommes valides se précipitaient sur l'Ingram. Il arracha la pétrolette au bourbier et mit plein gaz en direction du premier bloc de la cité dont les lumières trouaient le déluge.

– Rachid, t'es dingue, ils ont des caisses qui font du 160. On est coincés.

– Tais-toi et regarde.

Il se pencha sur une boîte métallique cachée dans les herbes et poussa la poignée vers le bas. Les cinq kilos de plastic dissimulés sous la caravane projetèrent au ciel, dans une pluie de métal sanglant, la noce, le Mobile Home et même le sancerre qui n'y était pour rien.

Le couple s'éloigna à un train de sénateur en direction de l'échangeur de l'autoroute.

– Rachid, qu'est-ce qu'on va faire ?

– On descend à Aubagne. Mon cousin tient une pizzéria à la sortie de la ville. Tu serviras en salle et moi, je ferai la cuisine. Là, en bas, tu tiens le coup avec des olives et quelques tomates. C'est cool, non ?

– Ouais, ça paraît bien. Quand même, t'aurais pu m'demander pour ma famille.

– Te plains pas, t'auras plus qu'un mec à sucer.

– Gros dégueulasse. Tu t'arrêtes ? J'aimerais bien le faire sous la pluie.

– Non, faut arriver à Aubagne rapidos et puis on a le gosse maintenant, c'est des responsabilités. Mon cousin, il m'a dit que si on assure à la pizzéria, on passera patrons, nous aussi…

Elle ferma les yeux. Patrons. Le nirvana.

Quinze ans

Des fois ça la prend comme ça : la vie toujours pareille. Aujourd'hui, elle a décidé qu'elle sortirait seule en ville pour la première fois. La nuit. Ça lui fait un peu peur, mais à quinze ans elle veut fouler le noir aux pieds. Elle s'appelle Cynthia, on dit qu'elle est mignonne, ses jambes dorées jaillissent d'une robe un peu courte en Elastiss. Elle habite la deuxième cité, celle qu'ils ont construite quand Flins a commencé à réembaucher. Son vieux travaille sur un tour avec un petit chef derrière le cul toute la sainte journée. Elle dit à tout un chacun que son père est admirable mais, en fait, elle le méprise un peu. La mère est transparente. Gentille mais transparente. Les jumeaux dorment dans la chambre qui fait face à la sienne. Ils allument leurs lampes de poche à minuit pour se plonger dans de vieux Batman, des éditions originales qu'ils achètent à prix d'or dans des boutiques spécialisées. Elle les soupçonne de dealer du hasch dans la cave de l'immeuble, le A5, mais elle n'a plus le temps de s'occuper de la moralité de gamins délurés flirtant avec les douze printemps. Elle veut s'éclater un max, comme disent les mecs du lycée. Elle y passe de temps à autre pour vérifier la bonne santé des profs, revoir les copines et assister aux rencontres avec des écrivains. Elle trouve le cours de français à gerber, mais elle adore les écrivains. Cet air un peu modeste qu'ils prennent tous pour leur expliquer qu'ils sont des gens très ordinaires, qu'eux aussi ont été lycéens et, de préférence, mauvais élèves. Parfois, elle pose une question intelligente d'une voix fluette. Ses questions concernent toujours les techniques d'écriture, la façon de s'y prendre, le knack, quoi ! Car en réalité, elle en rêve la nuit, d'écrire des histoires. Alors, pour compenser, elle communique avec ceux qui publient, ayant l'impression d'adhérer à un club très fermé. Les autres se marrent dans son dos. Seuls, deux Africains font le siège, eux aussi, des invités. Toutes leurs questions portent inévitablement sur la lutte des classes, le racisme, la libération du peuple noir. Ils possèdent tous les deux une culture classique à l'extrême et considèrent avec un souverain mépris les auteurs de polar, SF ou BD.

Pour le moment, elle ment à son père, lancée dans un improbable feuilleton destiné à obtenir l'autorisation de sortir. Janice lui sert de caution, elle habite au cinquième étage du D3. Mais Cynthia ne rentrera qu'au petit matin, elle va jouer le coup à sa façon. Le tourneur, crevé, opine mollement aux explications de la gosse. Vite, elle passe un sweet par-dessus sa robe collante, se pique un peu de rouge sur les lèvres et, sac sur l'épaule, dévale les escaliers pour gagner l'arrêt d'autobus qui la conduira au centre de Colville.

Consciente de braver l'interdit, les lumières lui paraissent plus vives qu'à l'accoutumée. Le moindre trou du cul traînant la patte lui paraît beau, digne d'intérêt et tout ça. Elle en prend plein la rétine pour pas un rond, enregistre le plus petit détail, met en mémoire tel un ordinateur sophistiqué tous ces symboles de la vraie vie, là où ça swingue à mort, pas comme dans la deuxième cité où des vieillards de trente ans crèvent à petit feu entre Drucker et un plumard déserté par la plus discrète étincelle de sensualité.

Elle marche dans les rues de Colville, sur un nuage phosphorescent. La nuit viendra te prendre, petite. Elle a lu ça quelque part, ça lui arrive par bouffées, les images, le futur antérieur. Qu'elle vienne la nuit, elle est prête.

D'autres aussi l'attendent. Tiens, Sonia, par exemple. Une vioque de terminale qui parade entre deux machos imberbes à la terrasse du Balto.

– Hé, la miss, t'es pas encore couchée à c't'heure ?

– Ta gueule, boudin, crache Cynthia.

– De quoi, de quoi…

Elles se balancent déjà des claques à la volée au-dessus des julots effarés. Les Bloody Mary voltigent. Du sang dans le néon. Enfin, Cynthia se dégage, désinvolte, et s'éloigne en sautillant. Avant d'écrire, il faut vivre. Elle le mettra dans un livre. Elle va pas leur tartiner du Sagan, plutôt du Djian version Gore, ça va les asseoir.

Puis elle aperçoit la fête foraine. Ils n'ont pas le Grand Huit mais deux manèges d'auto-tamponneuses autour desquelles se pressent tous les rouleurs des cités alentour. Elle s'approche du manège bleu, les yeux écarquillés, les bras serrés contre la poitrine. Sur le promenoir qui lui fait face, un jeune type en jeans, tee-shirt blanc et cheveux coupés court lui fait signe, indiquant une voiture rouge garée contre la bordure. Elle se mordille la lèvre. D'un seul coup ça va trop vite. Dans les bouquins, c'est plus relax, les manœuvres d'approche durent des semaines. Mais ce soir, elle est un peu dingo. Elle fait oui en souriant et ils sautent dans le bolide écarlate.

– Moi, c'est Antoine, mais tout le monde me dit Tony. Et toi ?

– Cynthia.

– T'es de Colville ?

– J'habite dans la deuxième cité.
– J'ai un pote là-bas. Duret, tu connais ?
– J'vois pas…
– T'as quel âge ?
– Heu… dix-huit.

Il se marre, Tony. Il sait. Elle rit aussi un peu timidement alors qu'une clique de débiles issus d'un clan Harley les tamponne sauvagement dans un coin du manège. Ils tournent, culbutent, Cynthia ferme les yeux. La vraie vie. Run, baby, run. La trompe mugit, le manège se fige.

– On va boire un Coca ?
– Hein… ah oui, d'accord.

Le jeune homme lui prend la main et l'entraîne vers un distributeur chromé qui parade en plein air. Il paie les deux consommations. À pas lents, ils remontent la fête, peu attirés par les tombolas, les tireurs d'élite et les accros à la gaufre-confiture. Tony stoppe brusquement devant le train-fantôme.

– Si on rentre là-dedans, tu vas pas chialer ?
– Chuis plus à la maternelle.
– Allez, arrive.

Faut les entendre hurler à l'intérieur. Elle s'en remet pas du train-fantôme.

Peu avant la fin du tour, il écrase ses lèvres sous les siennes. Elle sait pas faire avec la langue. Y'a pas le feu. En sortant, il lui pose une main sur l'épaule, protecteur.

Le ciel est pur, les rues noires. Ça papote relax.

– Mais tu veux faire quoi après ton bac ? s'inquiète Tony.
– Tu vas te moquer de moi…
– Arrête !
– Bon, ben, j'veux être écrivain. Tous ces mecs qui racontent des histoires à dormir debout ça me rend

dingue. Des fois, y en a qui viennent faire des signatures au Super Mammouth, alors je me pointe et je leur pose des questions sur la façon de s'y prendre, la technique, tout ça, quoi…

Ils marchent, corps contre corps. Elle raconte la cité, il parle de l'atelier. Une brise légère lui arrache un frisson.

– On se balade, c'est cool, non ?

Elle fait oui, baissant les yeux. Quand elle les relève, elle percute à trente mètres trois Harley en quinconce. Le plus grand des trois motards s'avance vers eux ; les autres ne cillent pas, en couverture.

Il se plante devant Tony :

– Elle est pour moi, tu dégages.

– Viens la chercher, tête de con.

Les deux garçons s'empoignent, roulent à terre, se cognent le crâne contre le bitume. Cette violence brutale la submerge. La bouche ouverte, elle expulse un hurlement étranglé. Tony ne bouge plus, étendu sur le sol. Sa tête, une bouillie sanglante. L'homme à la Harley se redresse pesamment alors, vite, elle pense : le cran. Elle plonge la main dans son sac, dégoupille la lame et, par-derrière, transperce le cœur de la racaille. Au bout de la ruelle, les autres s'activent. Elle arrache la lame, la jette dans son sac et fait volte-face en direction d'un boulevard inondé de lumières. Le ronflement des Harley, son cœur comme un tempo de Manu Katché. Elle court, Cynthia. Sa première nuit, son premier amour, son premier meurtre. « Je serai un grand écrivain. » Les mots culbutent contre ses dents qui crissent. Elle va y arriver, elle va leur montrer. À cinquante mètres, le dernier bus pour la cité. Tu vas l'avoir, Cynthia, tu va t'en sortir, vas-y môme, il te voit dans le rétro. Tu vas l'avoir.

Fingers

Dans la cité, ceux qui font le plus de bruit ne sont pas dangereux. Ils remixent *l'Équipée sauvage,* version Rambo, sur des mobs trafiquées dont ils ont fait sauter les pots d'échappement. Ceux-là passent leur temps entre les mécaniques étincelantes et le panneau de basket sous lequel ils font assaut d'élégance, exhibant leurs Jordan Air ou leurs Pat Ewing. Leurs discussions tournent invariablement autour du championnat américain NBA et des mérites comparés du dernier F.F.F. et des maîtres du rap, Public Enemy, RUN DMC qui, ici, font figures de vieux schnocks obsolètes.

Non, le mec important c'est Fingers, dix-sept ans, un jeune Noir vêtu d'un Tacchini, d'une vieille paire de Converse et de petites lunettes d'écaille. Il « tient » le mur droit du café-tabac et fait ainsi face aux immeubles de la cité. Son deal, c'est le crack. Fingers est négligemment adossé au mur ou alors à genoux sur ses talons, le dos contre le crépi du bâtiment. Ses petits yeux fureteurs surveillent dans les détails les tours et détours des camés – des gosses de quinze ans aux vioques de cinquante piges – qui prennent contact aux alentours du mur avec Big Boy et Loretta, ses deux intermédiaires. Son commissionnaire compte dix printemps et se fait appeler Tony Machine. Toute l'astuce du deal consiste à ne pas mouiller Fingers dans le cas toujours probable d'une descente de flics.

Les accros à la pipe contactent donc Big Boy ou Loretta qui, mine de rien, viennent alerter Fingers.

– J'ai un mec, genre chinois, qui veut dix galettes.

– Celui avec la veste verte ?

– C'est ça.

– Quel âge tu lui donnes ?

– Dix-neuf, vingt ans. Il a les yeux qui lui sortent de la tête.

– O.K., casse-toi, je lui envoie la came.

Fingers se tourne alors vers Tony qui traîne toujours dans le secteur, un ballon de foot à la main.

– Dix galettes pour le Chinetoque en vert.

Le gosse acquiesce, fait volte-face et, en mimant Maradona dans ses meilleurs moments, gagne la cave abandonnée du B2 où ils ont entreposé leur réserve. Il ressort de la cave et toujours dribblant un adversaire fantôme, se rapproche du Chinois auquel il glisse la came en loucedé. L'autre a déjà payé Big Boy et regagne, pressé maintenant, son appartement en bout de cité.

Parfois, Fingers ne « sent » pas un client. Il flaire la balance, l'arnaque ou la possible surdose qui amènerait les flics à ratisser le secteur. Et ça, il ne peut pas se le permettre, car Mercader, son fournisseur, le prendrait très mal. Alors, il dit non, tout simplement. Certains jours, des accros plus hardis se paient l'excursion jusqu'au mur, titubant sur leurs cannes perturbées par le manque.

– Fingers, merde, trois cailloux seulement.

– Qu'est-ce qui se passe, Annie, t'as pas de fric ?

– Chuis raide mais si tu veux j'te fais une passe gratos dans la cave du C3.

– Je baise pas, c'est trop dangereux.

– Une pipe alors, une petite plume, mon chou.

– Non, trouve du pognon, merde, je suis pas banquier.

– Trois cailloux et je raque demain. Ma mère reçoit sa pension d'invalidité.

Fingers lève alors les yeux au ciel. Il se mordille la lèvre, fait mine de paraître déchiré puis lâche finalement :

– Bon, trois, mais n'y reviens pas !

Elle en pleurerait, Annie. S'il le lui demandait, elle pourrait lui tailler une pipe, là, tout de suite, exposée aux yeux des blocs. Fingers lève le pouce vers Loretta qui tape sur l'épaule de Tony. Le gosse n'aime pas se déplacer pour une dose gratos. Il touche habituellement 5 % par dose soit 2,50 F.

Aujourd'hui, Fingers perçoit de mauvaises vibrations. Trop d'allées et venues dans la cité. Il a mis l'équipe en sommeil et reste seul contre son mur pour voir comment ça va tourner. Sa force, à Fingers, c'est de ne pas consommer. Il deale, tout simplement. Il a noté la déchéance physique qu'entraîne l'abus des cristaux magiques et il est bien décidé à rester clean.

Il est en train de réfléchir à tout ça, quand Mick Jagger et Bibendum débarquent dans leur caisse banalisée à dix mètres du mur. Ils restent dans leur voiture, sans bouger, l'œil rivé à la silhouette gracile du dealer. À ce moment précis, l'adolescent se souvient que Loretta lui a laissé deux tubes qui se baguenaudent dans sa poche de survêt.

Sans le quitter des yeux, Jagger coupe le contact et les deux policiers s'extraient lourdement de leur R12. Ils se campent devant lui, tout sourire :

– Comment marche ce bon vieux rock, Fingers ?

– Ce quoi ?

– Le rock, le crack, peu importe le nom qu'on lui donne.

– Je touche pas à cette merde, monsieur.

– C'est vrai : toi tu prends les commandes. Allez, les mains contre le mur, les jambes écartées.

Le dealer s'exécute, tétanisé. Bibendum se baisse, le palpe sous toutes les coutures et met, bien entendu, la main sur les deux tubes remplis de cailloux.

– C'est pour sucrer ton café au lait ?

– Bon d'accord, je voulais essayer mais je ne deale pas, je suis pas un truand, monsieur.

– Inspecteur.

– Inspecteur.

– Eh bien, puisque tu veux essayer, on va pas se montrer dégueulasses. Tiens, voilà une pipe et raconte-nous toutes tes sensations, ma biche.

Là-dessus, Bibendum tend une pipe à crack et les cailloux à Fingers.

Le gosse sue sang et eau. Pour rien au monde, il ne veut inhaler cette saloperie.

– Heu... je peux fumer ça ce soir chez moi, non ?

– Maintenant, connard. Depuis le temps que tu intoxiques la cité, il fallait bien que tu y passes un jour ou l'autre. Allez, affole-toi ! commande Jagger.

Maladroitement, Fingers sort les cristaux, prépare la pipe et, sous l'œil intéressé d'une vingtaine de camés, aspire la folie qui fuse de sa gorge à son cerveau telle une comète magique trouant la nuit.

« Putain, c'est dingue », murmure le dealer.

Il sait déjà que c'est le gros truc. Les deux flics le regardent, hilares, en se grattant le nombril.

– Supercame, pas vrai ? se marre Bibendum.

Mais Fingers ne l'entend pas, il prépare déjà sa deuxième pipe. Il va en baver.

Déjà la nuit

Je remonte la rue Guénégaud, le cœur aux quatre cents coups et la chemise écarlate. Une petite balle vicieuse joue au badminton avec mes viscères. Je relève la tête et percute l'enseigne de l'Hôtel de la Monnaie. Celle-là, faut l'encadrer, on peut pas faire mieux dans le dérisoire. Sur le trottoir opposé, des galeries de peinture me proposent des noms inconnus : Adami, Sandorfi, Giai-Miniet. Rien à branler des barbouilleurs. J'appuie bien fort sur le geyser bouillonnant au creux de mon estomac. Panoramique sur le Pont-Neuf. Maman, j'arrive, je te vois sur l'échelle d'incendie, ton petit sourire triste, ta robe en taffetas du dimanche. Je vois aussi la bête immonde qui grignota tes os un à un. Souris, Dany, c'est pour *Surprise Surprises*. Flouté artistique, je traverse au pif la méchante place avec tous ces tarés dans leurs caisses nickel. Ça klaxonne mais là, je fais John Wayne, sur Main Street à Little Rock. Je passe la Seine, une petite fille en pleurs dans ma mémoire, ciel plombé, le bourdon d'une péniche. Je titube quelques mètres encore, les pierres du mur, le boyau puis l'éblouissement de la place Dauphine. L'été de mes seize ans, elle me disait « Daniel » d'une voix sucrée, moi je plongeais dans son corsage. Toute cette chlorophylle me déglingue brutalement. Je me plie sous les regards étonnés des passants, des enfants pouffent en me montrant du doigt.

Alors, je raccorde : le masque. J'ai oublié d'enlever le masque de la princesse Leïla, celle de *La Guerre des Étoiles*. C'était l'idée de Fadela : braquer une banque, la BNP du boulevard Saint-Germain, avec les tronches des acteurs du péplum galactique. Elle a bonne mine, Fadela, avec un œil en trop au milieu du front. Quant à Paco, merci pour la patience. Au premier coup de feu, il était déjà rendu à Colville avec la BM. Bobo, les tripes, bordel, ça fait mal. Je m'affale sur un banc et lève la tête vers les arbres. J'imagine le fantôme de Montand derrière une fenêtre, dans les étages : « Alors, gamin, tu joues dans la cour des grands, peuchère ? » Avé l'assent. Moi je voulais pas, c'est les autres qui m'ont entraîné. J'étais peinard dans la cité, à réparer les tacots et à gratter ma Gibson pendant l'heure du déjeuner. Faut dire que j'ai un faible pour Elvis. Paco, il me disait Mister King, c'est vous dire. J'accommode sur la façade de gauche. Des mémés chipoteuses engloutissent des gâteaux à la cannelle dans un salon de thé alors qu'un accordéoniste flanqué d'un foulard rouge nous gratifie du *p'tit vin blanc*. Il est 15 heures, ce 23 juin, et la nuit tombe sur la place Dauphine. Je frissonne, un glacier me serre le cœur. Une ambulance swingue sur le pont. Les odeurs d'éther. Chuis d'accord avec Michou : surtout pas d'hôpital. Peux plus bouger, ils ont peint les arbres en noir. Maman, attends-moi, s'il te plaît. C'est l'heure, Dany. Je vais pousser la porte et maman apparaîtra, elle me tendra ma tartine de cacao – tant d'amour au bord des lèvres – et toutes les jeunes mariées du monde applaudiront.

Puis Jésus viendra vers moi, moulé dans un Levis délavé et, me tendant la main, chuchotera : « On en fait toute une histoire mais en fait je suis très cool, pas vrai, mec ? »

HP

Les surveillants du pavillon 5 de l'hôpital psychiatrique ont dû batailler de longues semaines pour arracher cette sortie sur les bateaux-mouches qui se traînent au gré des méandres de la Seine. Trois infirmiers pour quinze malades.

Ils sont tous frileusement serrés les uns contre les autres. Novembre est glacial cette année. Abrutis par les calmants, les malades posent sur les quais des regards torves, des sourires congelés crispent leurs lèvres. Sadia fait comme les autres, singeant un plaisir factice, captif d'un corps et d'un cerveau bouleversés. Ils possèdent tous cette sorte de gravité cotonneuse, marque indélébile des abonnés au lithium. Sadia, frigorifiée, contemple l'eau grasse, les sens en alerte, portée sur des cimes par le speed que King Bubba lui a glissé au réfectoire. Elle attend, les mains tremblantes, la fin du parcours situé à la pointe de l'île de la Cité. Enfin, la barge s'immobilise, la foule se presse vers le quai, se cognant au groupe qui s'apprête à prendre la suite sur le bateau. Sadia en profite, se ratatine, glisse comme un serpent, une course folle sur le Pont-Neuf, elle est dans la foule, elle est dans la vie. Libre.

Par bribes, le plan de King Bubba lui revient en mémoire. Marcher jusqu'à Châtelet, acheter le ticket

RER pour Colville, trouver le foutu quai et se laisser porter par le tas de ferraille jusqu'à la cité.

Là-bas, Tony H pourra la dépanner et lui trouver une piaule. Elle se lance à corps perdu dans les boyaux du RER. Elle a vingt-deux ans, son corps est frêle, ses yeux de Kabyle lui agrandissent le visage, mais son teint est pâle à l'instar de celui affiché par son père, un natif de Dunkerque.

À Gare du Nord, trois flics pénètrent dans son wagon. Masquée, la gosse. Elle ferme les yeux à s'en faire mal. La puissance de sa rage. Au-delà de la douleur, de la folie.

Elle descend à Colville, cernée par les graffitis. Longue marche en direction de la cité. Rien n'a changé : les murs saignent, les entrées des immeubles sont des gorges hurlant dans la nuit. Elle monte jusqu'au sixième du B4, frappe à une porte. La voix de Tony H :

– Qu'est-ce que c'est ?

– Sadia.

La porte s'ouvre à la volée. Un gosse – en fait, un vieillard de dix-neuf ans – murmure :

– Putain, le King t'a fait sortir. J'en reviens pas.

– Tu te pousses ? Je suis crevée.

L'adolescent s'efface. Elle se laisse choir sur un canapé recouvert d'une couverture marocaine. Le lithium, le vide, la peur, la course. Tout lui monte à la tête. Un peu flippée, la môme.

– Tes vieux ? souffle-t-elle.

– C'est mercredi, ils font la nocturne.

Une voix fêlée parvient jusqu'à eux du fin fond de l'appartement.

– C'est rien, mémé, c'est une copine ! hurle Tony.

Sadia s'abandonne. Tony disparaît dans la cuisine et revient avec un jus de fruits.

– Avale ça.

Elle sourit et s'exécute.

– Je t'ai organisé une sorte de piaule dans la cave des Belkacem, ils ont été virés y a trois mois. Tu crains rien.

– On voit le jour ? J'me rappelle plus.

– Sûr. Y a une fenêtre avec des barreaux derrière, mais c'est plutôt sombre. Je t'ai installé un pieu, une radio, une table pour bouffer, c'est carrément le *Hilton*.

Elle sourit, glauque à mort.

– Merci Tony. J'ai une descente de speed, faut que j'm'allonge.

– Viens, je vais t'ouvrir le palace.

Elle est derrière sa fenêtre depuis deux jours à épier les va-et-vient de la cité. Le deal de crack, les mémés qui font le tapin pour arrondir les fins de mois, les pères de famille qui s'envoient de jeunes Tunisiens pour cent balles. Elle est là, tapie au ras du bitume, sous la vie ou du moins sa caricature. Elle attend de voir passer son vieux : Roger-La-Dégonfle. Une bite et pas de cervelle. Chauffeur chez l'Oréal. Le genre de connard qui drague avec des échantillons de mauvais parfum, qui se donne l'air important dans son uniforme de larbin. On croit rêver. Il passera, elle le sait. Elle a tout son temps. Après, elle s'occupera de Céline, celle qui l'a balancée aux toubibs, celle pour qui elle est revenue dans la fange de la cité.

19 heures. Roger Steinkerque s'avance entre les blocs, la moustache tombante, le pas traînard. Sadia sursaute derrière ses barreaux. Un fret d'adrénaline. Elle s'arrache aux sous-sols, fuse de bloc en bloc, un feu follet dans la brume de novembre. Avant qu'il ne pénètre sous le spot lumineux du C3, elle chuchote dans l'ombre :

– Roger, tu viens voir par ici ?

L'homme plisse les yeux.

– Quoi, qu'est-ce que c'est ?

– Viens voir, j'te dis, tu regretteras pas.

– Combien tu prends ?

La voix rauque, elle promet :

– Tu feras ton prix, mec.

Rasséréné, Steinkerque se glisse dans l'ombre. Elle le tire par le col, le plaque contre le mur et lui pique la gorge avec une lame de 15 centimètres.

– Sadia, putain, qu'est-ce que tu fais là ?

– Je m'ennuyais de mon papa. Bouge pas, fumier.

– Me pique pas, merde, c'est pas de ma faute. C'est Céline, elle m'a obligé, tu la connais.

Elle se tâte. L'envie furieuse de répandre les boyaux de cette ordure dans le bac à sable fait trembler sa main.

– T'as envoyé ta propre fille chez les dingues, Roger, t'es vraiment une merde.

– Tu virais dingo, Sadia. Ta mère, la pauvre Aïda, s'est suicidée, personne l'a tuée ou quoi que ce soit.

– Elle s'est balancée du cinquième parce que tu baisais cette pute. Elle m'a laissé un mot.

– T'as jamais dit ça !

– C'est mon secret. Tu vis toujours avec ELLE ?

– Heu… oui, pourquoi ?

– Pour rien.

Brutalement, tout se brouille dans sa tête. L'absence de médicaments ouvre un gouffre à ses pieds. Elle se recule puis d'un geste vif pique le chauffeur à la gorge, fait volte-face et part comme une flèche dans la nuit pour retrouver sa cave et ses rats. Sanglots garrottés, le cœur aux abois.

Le lendemain, un car de flics se pointe au centre de la cité, sur le coup des dix heures. Regards goguenards des dealers et des camés qui ont planqué leur dope. Les flics sont des jeunots au taux de cholestérol acceptable. Le genre à ne pas rater un épisode de *Navarro.* Commencent à questionner en jouant les durs. Le mot de passe chez les brothers : Sadia Steinkerque, moi pas connaître, Bwana.

Mick Jagger, le sociologue des stups, agrafe Tony à deux pas de l'épicerie-tabac :

– Allez Tony, viens là, racaille.

L'autre, servile :

– Oui, inspecteur.

– Joue pas au con avec moi, vous étiez copains avant qu'elle dégage chez les barjots. Accouche, vite fait.

– J'l'ai pas vue, j'vais pas raconter des mensonges, quand même.

– Allez, les mains contre le mur, jambes écartées.

– Chuis clean, mec.

– Exécution, connard.

En soupirant, le gosse se met en position, prêt à subir la fouille habituelle. Jagger commence à palper, s'insinue dans les poches et triomphalement exhibe sous le nez de Tony un sachet de coke.

– Tiens, de la farine ! Tu t'prépares pour la Troisième Guerre mondiale, Tony ?

– Espèce de fumier, j'étais clean, vous m'entubez ! bafouille l'ado.

Manchette de Jagger, Tony dans le gazon.

Derrière ses barreaux, Sadia contemple la scène misérable qui se joue à trente mètres. Elle sait que Tony H ne pourra pas supporter une troisième arrestation, le manque, la Méthadone. Big flip. Combien ? Trente secondes, trois minutes ? Elle rafle la radio, sa lame. Un dernier regard sur la planque. Hasta la vista, baby.

Maintenant. Elle doit en finir maintenant. L'œil rivé aux uniformes qui s'affolent au petit trot vers sa planque, elle progresse d'un immeuble à l'autre, agent secret en danger de mort. Un orage éclate, la pluie portée par le vent vient à son secours. Écran d'eau, traverser les apparences.

Elle se glisse dans le C3. Quatre étages, une poignée de speed dans la bouche, le pouls à 210.

Steinkerque, cinquième droite. Roger ronronne à l'hosto. Céline seule dans la casbah, briquant les casseroles. La vraie bonniche. Sadia pouffe : les nerfs, ses putains de nerfs. Sonnette.

– Qu'est-ce que c'est ?

Sadia, la bouche en coin.

– Police !

Le pêne claque, la porte se libère. Sadia fonce dans le tas, repousse le panneau derrière elle. Puis le couteau, un piston implacable. Le rouge en Panavision.

– Folle à délier, murmure-t-elle, au-dessus du cadavre.

Oh, Carole

La blonde titubait sur ses talons, légèrement paf et maudissant les foutus pavés qui déparaient la ruelle Jean-Moulin à l'extrémité ouest de la Cité. Elle stoppa sous un lampadaire, tiraïlla son soutien-gorge et resserra la ceinture de son ciré noir. C'était un travelo ordinaire dont le nom de guerre était Carole, hommage surprenant à Chuck Berry, mais les trav' sont comme ça, sentimentales et pointilleuses, côté références.

Elle se cambra sous une tour, appuyée contre un mur qui clamait « Libérez Benito ! », prit la pose comme seules les putes savent le faire et d'un geste sec du poignet enflamma une Camel.

L'homme la repéra à trente mètres.

– Un putain de travelo mais ça fera l'affaire.

En quelques enjambées, le Latino obèse rejoignit Carole.

– Tu t'es rasée ce matin ?

– À quel endroit, chéri ?

– La moustache, j'ai horreur quand ça gratte.

– Te bile pas, ma loute, je suis lisse.

L'Espagnol s'approcha et empoigna à pleine main l'entrejambe de Carole qu'il compressa d'une poigne sérieuse.

– Cinq cents balles pour la nuit, tu me prends ?

– Tu fais mal, merde ! O.K., je prends.

– Tu crèches ici ?

– Dans la Tour des Jeunes Mariés, c'est chou, pas vrai ?

– Ouais, c'est chou. Allez, avance.

Puis ils se hâtèrent sous une pluie fine qui peu à peu noya la cité dans un flouté artistique.

Le mec était spécial. Carole l'avait jaugé dès le premier regard. Pour le moment, accroupie sur la moquette, les fesses en l'air, elle le laissait pénétrer en elle, l'œil anémique mais le cerveau en alerte. Tendu, le gars, l'esprit ailleurs. Enfin, il se dégagea en maugréant.

– Tu veux qu'on fasse ça plus tard ? minauda Carole.

Sous le regard d'Alvarez – c'était son nom – elle décida de la boucler.

– T'as un cul d'mec, tu fais pas bander ! cingla l'Espagnol.

– J'en connais qui parlent autrement.

– Tous des pédés dans cette cité de merde.

À intervalles réguliers, il interrompait toute activité pour se rapprocher, mine de rien, de la fenêtre donnant sur le parking et glissait un œil entre les rideaux. Que pouvait-il reluquer ainsi, à travers le mur de pluie qui brouillait les éléments quinze mètres en contrebas ?

– Tu vis toute seule ici ? demanda Alvarez.

– Of course, baby. La Tour des Jeunes Mariés est réservée aux couples, mais le gardien de la cité adore qu'on lui fasse des gâteries à l'œil. On s'arrange comme ça. C'est cool, non ?

– Hum, hum, approuva l'homme.

Il avait un problème. C'était ce genre de type qui réfléchissait à deux fois avant d'avouer qu'il était abonné à *Maisons et Jardins.*

Puis il s'était tourné vers elle :

– Écoute, j'ai un truc à te dire…

– Oui, chéri ?

– Faut que j'aille voir un mec en ville cette nuit.

– Tu rentres ou tu pars pour toujours ?

– Je rentrerai, mais je dois laisser un paquet ici. C'est très important.

– Quel genre de paquet ?

Il tira de son imperméable un boudin de plastique noir qui pesait facilement ses deux kilos.

– Le genre dangereux.

– Coke ? Marijuana ?

– Héroïne-base.

– Houlala, chaton, t'es un vrai marlou !

– Arrête tes conneries, tu me gardes cette came et je te refile deux sacs à mon retour.

– Deux plaques ?

– C'est ça, deux plaques.

Elle sut qu'elle tenait le bon bout : elle allait pouvoir se payer cette putain d'opération.

– Je t'attendrai, bijou.

– Parfait. Tiens appuie-toi contre l'évier, je fais un dernier essai.

Quand la jouissance souleva son bas-ventre, il poussa un gémissement d'enfant triste.

Il se rajusta en silence, enfila son imper et plaqua ses lèvres sèches sur celles de Carole. Puis d'une main experte, il lissa ses cheveux raidis par la gomina et tira la porte palière qu'il referma sans bruit derrière lui.

Carole se campa près de la fenêtre et, à travers l'interstice des doubles rideaux, se prit à épier l'homme qui traversait la pelouse en direction de l'arrêt du bus esseulé aux confins des blocs D et C. Il marchait tête rentrée dans les épaules pour s'abriter de la pluie et s'ingéniait sans succès à rester dans l'ombre.

Une Mercedes métallisée déboîta à cinquante mètres, un moteur très doux, un murmure. Alvarez l'aperçut et hâta le pas. La mécanique allemande s'affola, l'homme se prit à courir, mais on ne peut rien faire contre 200 chevaux manipulés par une petite ordure née pour tuer. Fauché, le corps de l'Espagnol fusa contre la carrosserie et s'écrasa sur le bitume. La Mercedes effectua une marche arrière et, très lentement, repassa sur le corps d'Alvarez avant de s'éloigner dans un feulement sobre et de bon goût.

Les jambes de Carole ne la portaient plus. Elle se laissa choir sur le divan léopard, le souffle court, puis se versa un plein verre de whisky qu'elle s'enfila cul sec avant de plonger dans un sommeil profond.

Quand elle reprit ses esprits le lendemain matin sur le coup des dix heures, la première chose qu'elle aperçut fut le boudin noir. Cadrage sur la soirée, flash back en chamade. Non, pas de témoins. Personne ne pourrait remonter jusqu'à elle. Enfin, il lui fallait vérifier l'essentiel. Carole sortit sa lime à ongles de son sac à main, et d'un geste vif creva le boudin noir. Elle trempa son index dans la poudre, goûta la chose et balbutia :

– Ben, mon p'tit Robert, y'en a bien pour cent briques.

Dès midi, elle décida de faire un tour à Colville, histoire de se fringuer chicos et de narguer les vieux tapins qui lambinent derrière la gare du RER. Avec cent briques dans son frigo, elle n'allait pas s'enfermer dans un plan radin et compagnie.

Elle irait voir Benito, sorti la veille de Fleury, et lui proposerait la came à 70 sacs. Honnête, la mère Carole. Puis, dans la foulée, bye bye la cité pourrie et viva la Riviera, le studio nickel et un julot producteur qui la baladerait dans une Honda climatisée.

Le lendemain matin, elle agrippa Benito près du bar de Diego et lui susurra dans l'oreille les mots qui rendent fou.

– Une pureté virginale, tu vas adorer ça…
– Y'en a pour combien ?
– Je te laisse le tout à 70 plaques.
– C'est trop gros pour moi. Ici les jeunes, ils ont juste de quoi se payer le crack. Ton truc, c'est pour les riches. En plus, j'ai pas le pognon, ni le labo pour couper ta came. Va voir à Colville, mais fais gaffe à ton cul et tu n'en parles à personne.
– Ben merde, comment je vais fourguer cette came si je peux pas en parler.
– Je te connais, ma puce, quand t'es allongée sur un plumard, tu dégoises ta vie entière au premier débile venu. Alors, je te dis : prudence.
– Dany serait preneur ?
– Dany deale du crack, il doit avoir cinq mille balles d'avance sur son compte en banque. Sois sérieuse, tu joues dans la cour des grands avec cette dope. Oublie la cité.

Puis Benito tourna les talons et retrouva ses deux porte-flingues qui paradaient dans la pénombre du bar de Diego.

Lobotomisée, Carole regagna, en traînant les pieds, la Tour des Jeunes Mariés. Trois jours durant, elle ne souffla mot du boudin d'héroïne. Elle continua, comme quand elle était pauvre, à exhiber son cul aux quatre vents de la cité. Elle suivit au pied de la lettre les conseils de Benito, ne se laissa pas enivrer par le mauvais whisky des clients en goguette ou les rails de mauvaise coke de pédés pleurnichards que ses nichons siliconés prenaient en charge les soirs de détresse.

Elle fit quand même la connerie.

Depuis cinq mois, Fingers, qui avait lâché le deal de crack pour passer dans le camp des consommateurs, traînait sa dèche et ses yeux jaunes dans les entrées des blocs, quémandant ici et là un caillou, voire un tube du bon vieux rock. Parfois, d'anciens clients qu'il avait fourni à l'œil quand il était star lui proposaient un billet pour tenir le coup jusqu'au lendemain. Carole était du genre à renvoyer l'ascenseur. Fingers pencha son regard de myope sur elle en murmurant : « J'ai faim, Carole. » Le travelo ne put résister et l'entraîna dans un bar cafardeux qui fermait une ruelle de VRP en bordure de la cité. Ils s'attablèrent et le jeune homme grappilla du bout des lèvres une salade niçoise cafardeuse.

– Fingers, j'ai besoin du conseil d'un pro.

– J'ai un peu perdu la main…

– D'accord mais tu connais le bizness. Écoute mon histoire.

Et elle lui dégoisa les aventures d'Alvarez en Technicolor et Dolby stéréo. Fingers avoua son impuissance, se fit tout petit, une crotte. En fait, il sut d'emblée qu'il tenait sa monnaie d'échange, le truc qui lui permettrait de planer à l'œil pendant dix ans sans avoir à pleurer à tous les coins de rues. Lui aussi allait raconter l'histoire, toute l'histoire. Il disparut brutalement dans les toilettes, se bourra deux cailloux dans le fourneau et dans un fret diabolique roula une pelle au fils de Dieu sur un nuage de pure métaphore.

Deux jours plus tard, Carole faisait prendre l'air à ses hémorroïdes derrière le B3 – rouge à lèvres agressif et parfumé à Éden, celui qui sent la mort – quand un grand mec blond se pointa, l'œil égrillard. Elle n'aurait su dire pourquoi, mais elle eut vaguement l'impression d'avoir vu cette tête-là roder dans son secteur. Keller, inspecteur de première classe, prit sur lui pour sourire à cette pédale gonflée à l'hélium.

– Salut chérie, qu'est-ce que tu proposes ?

– Cent pour sucer, deux cents pour niquer.

– Ouais… un flipper avec un seul trou !

– Je me fais opérer en Suisse l'année prochaine. Si t'es patient, t'auras droit à la totale.

– J'peux pas attendre, tu m'fais bander. Allez, passe devant, je prends la version à deux cents.

Elle l'entraîna en direction de la Tour et croisa Benito qui roula des yeux fous dans sa direction. Il est blindé aux amphets, se confia Carole. Et Keller la poussa d'une main ferme dans l'ascenseur.

C'était ce genre de type qui n'affectionnait pas les préliminaires. Il balança Carole sur le plumard, lui écarta les cuisses et transforma son cul en boulevard périphérique. Elle s'entendit hurler : « Attache-moi ! » « C'est pas bête, ça », reconnut Keller.

Il retourna Carole comme une crêpe et à l'aide de leurs ceintures respectives fixa les poignets du trav'contre les barreaux du lit.

– Fais-moi mal, implora Carole.

– Attends une minute, j'ai une petite soif.

En caleçon à fleurs, Keller commença à se baguenauder dans l'appartement, le boudin noir comme un piolet dans sa rétine. Il le découvrit, lové au fin fond d'un placard. Le flic trempa son doigt dans l'intestin rescotché et goûta l'héroïne. Puis il entreprit de se lancer dans des calculs compliqués sur un coin de table. Enfin, le chiffre final lui sauta aux yeux : 4 millions. Il se versa un grand verre d'eau et revint dans la chambre en sirotant du bout des lèvres.

Carole, à plat ventre sur le lit, le cul dressé, se déhancha pour contempler son client quatre étoiles.

– T'en as mis du temps ! Dis-moi ton p'tit nom…

– Dan.

– Qu'est-ce que tu fais dans la vie, Dan ?

Il pêcha dans sa veste de treillis un portefeuille et en extirpa sa carte de flic qu'il fit glisser sur le lit.

Carole reluqua le carton, les yeux exorbités.

– Heu… t'es flic, alors ?
– C'est ça.
– Mais tu ne viens pas pour… heu… pour…
– Pour la came, si. T'es dans la merde, ma biche, tu peux pas savoir.

Puis il retourna dans la cuisine, le cerveau carburant à 10 000 tours. Il pourrait jouer le coup avec les frères Giancana, leur laisser cent bâtons, il lui resterait de quoi se payer la villa à Ramatuelle, allonger le fric du lifting de Stella et coller les jumeaux dans cette école privée où ils vous parlent en anglais dès l'âge de trois ans. Il balancerait à Fingers toutes les prises de crack pour avoir la paix et dans six mois, ce Nègre à la con serait clamsé. Restait le travelo. Il passa dans la salle de bains pour pisser un coup pendant que l'autre gémissait « Tu viens faire un mamour à Carole ? » Son regard balaya la margelle de la baignoire et tomba en arrêt sur le rasoir à l'ancienne qui permettait à la mignonne d'exhiber des guibolles impec dans les recoins de la cité.

Keller se pencha sur l'instrument, en fit jouer la lame et revint dans la chambre. Carole fit saillir ses fesses blafardes.

– Ben, merde, c'est pas trop tôt.

L'autre lui tira les cheveux en arrière et d'un geste vif lui trancha la gorge. Le corps remodelé s'agita en soubresauts hystériques, le sang bouillonna sous le menton du travelo, puis elle mourut dans un gargouillis obscène.

Keller se rhabilla en vitesse, coiffa vivement ses cheveux, empocha le boudin d'héroïne et effaça avec son mouchoir tous les meubles et objets qu'il avait pu toucher. Il poussa lentement la porte palière. Panoramique : un désert musqué. Le cœur calmé, il s'avança d'un pas ferme dans le corridor coudé en direction des ascenseurs. Un Hispanique se tenait devant les portes de métal, un fusil à canon scié bien en mains. Ses cartouches à sanglier creusèrent un tunnel à deux voies dans l'estomac du flic qui cabriola dans les airs.

Benito se pencha sur le treillis, rafla le boudin noir et rentra chez lui, appartement 1124, deuxième porte à gauche.

One

Ils habitent un véritable gourbi au cinquième étage du B2. La peinture des murs se déglingue, la tuyauterie barre en sucette et l'ameublement évoque du sous-Lévitan 55. Elle, c'est Mona et lui, Gérôme. Ils ont réussi à transformer en taudis un trois pièces de caractère. Leur problème relève de la génétique : leurs chaînes ADN se détestent cordialement et comme ils possèdent ce côté exhibitionniste très en vogue par les temps qui courent, ils font profiter les voisins de leurs différends conjugaux. Faut les entendre s'engueuler dès 8 heures du matin, extirpant de leurs cerveaux malades des rancœurs accusant dix ans d'âge, des sous-entendus malsains concernant leurs familles respectives, car c'est là où le bât blesse : ils vivent ensemble depuis trente ans. Issus du même immeuble, amours d'école primaire, flirt adolescent puis le trou, chacun papillonnant de son côté, histoire de se façonner un vécu. Les retrouvailles à vingt ans, le mariage à vingt-deux et la merde intégrale à trente-cinq. Le parcours du combattant.

Après six ans d'archi' aux Beaux-Arts, il est retourné à son premier amour, la BD. Il se coltine donc du matin au soir des petits Mickey, mais attention les yeux : dans une perspective esthétique. Les rares amis qu'ils invitent à dîner doivent supporter un discours invraisemblable tendant à démontrer qu'entre lui et Picasso c'est tout juste si l'on peut glisser une feuille de papier cul. Il s'échine donc, le dos rond, le marqueur dressé, la doc éparpillée alentour pour répondre à l'attente de Dargaud, Casterman ou Le Lombard. Pendant qu'il crapahute sur sa page, elle picole. Elle commence calmos sur le coup des neuf heures du mat' avec un double calva. À midi, elle passe au Ricard et enchaîne au Gévéor pendant le repas. La bouteille y passe carrément et elle tombe comme une mouche après la bouffe, sombrant dans un sommeil lourd traversé de cauchemars qui la font se dresser brutalement sur le plumard, gueulant à tue-tête : « Le 5 dans la troisième ! » Enfin, elle se décide à porter son corps informe en direction d'un champ de courses. Elle s'insinue dans l'atelier et, sans tergiverser, rafle deux ou trois cents balles dans la réserve. Puis elle passe l'après-midi entre la buvette et les barrières de Longchamp ou d'Auteuil où elle regarde son fric se faire la malle sur la croupe d'un immonde tocard coté à trente contre un. Car cette conne joue les tuyaux crevés que lui refile un poivrot qu'elle rencontre chaque soir *Chez Marcel* en rentrant des courses. Elle a foi en lui. C'est ce genre de bonne femme.

Elle rentre donc chaque soir, lessivée pour le compte, avec sa mauvaise odeur de vin bouchonné et, rageuse, commence à invectiver son époux qui n'a pas été foutu de terminer sa planche dans la journée. Immanquablement, ce sombre idiot se retient de lui coller un aller-retour et gémit :

– Baby, t'es trop dure.

Il a lu beaucoup de romans américains, faut préciser. Pendant qu'elle disperse l'argent du ménage sur les bourrins, il se paye une récré Barbès-Pigalle aux alentours de 16 heures.

C'est comme ça qu'il a assisté en direct *live* au tournage des *Ripoux* et, au prix de mille ronds de jambe, a pu arracher à Noiret sa fameuse canadienne en cuir. Il a vu Berto filmer *Neige* boulevard de Rochechouart et lui a quémandé un autographe contre une caricature de Glauber Rocha. Affaire conclue. De temps à autre il capte aussi quelques séquences de *Navarro* et fait passer à Roger son dernier album avec un sourire ruisselant d'admiration. Gérôme aime le cinéma et Barbès le lui rend bien. Cette petite vie misérable et codée aurait pu se poursuivre sans anicroche jusqu'à la nuit des temps, mais le fils de Ted Crumley prêta *Raw* et *El Vibora* à son père, et la vie de Gérôme en fut bouleversée du jour au lendemain.

Ted Crumley survit dans une villa Tudor à la périphérie chic de Washington. Peu connaissent son adresse. Son parcours professionnel est des plus simples : lycée, meilleur joueur de l'équipe de foot, service militaire dans les Forces Spéciales, le Viêt-nam puis le Cambodge. C'est au Viêt-nam que l'Agence l'a contacté. Elle cherchait à monter des commandos top secret chargés d'opérations-suicides au Nord. À compter de cette année-là, Crumley se donna corps et âme à la CIA, branché sur toutes les opérations pourries montées par les grands manitous, y compris la Contra iranienne. Aujourd'hui, il ne met les pieds à l'Agence qu'une fois par mois, car la CIA cloisonne à mort. Crumley est chargé des contrats posés sur la tête de ceux qui pensent mal aux quatre coins du monde.

La rencontre Gérôme-Crumley a lieu aux *Becs salés*, un rade déglingué de Barbès. Crumley tasse en soupirant ses cent kilos surmontés d'un crâne rasé sur une chaise tubulaire à l'équilibre douteux, alors que Gérôme s'interroge sur cet admirateur américain.

– J'aime beaucoup ce que vous faites, Gérôme.

C'est mon fils Robert qui m'a fait découvrir vos bandes. À part *Raw* et *El Vibora*, vous publiez dans d'autres revues étrangères ?

– Bien sûr. Je suis édité en Grèce, en Inde, au Japon, en Islande et même dans les pays du Golfe.

– Comme c'est amusant. Eh bien, cher Gérôme, je vous propose un contrat.

– Vous êtes éditeur ?

– Pas du tout. Je travaille pour une agence gouvernementale américaine… Au fait, vous n'êtes pas communiste ?

– Heu… non, non, proteste Gérôme qui pense Vert mais dont le père est communiste.

– Parfait. J'ai des messages à transmettre à mes agents dans le monde entier, et les petites annonces du *New York Times* ne font plus l'affaire, car elles sont étroitement surveillées. Aussi, je me demandais si vous ne pourriez pas changer un mot ou deux dans certaines de vos bandes, cela me permettrait de faire passer mes messages.

Gérôme fantasme. Enfin de l'action, l'Amérique le réclame.

– C'est dingue votre histoire… mais risqué, non ?

– Pas du tout, mais si le code devait être découvert, nous vous protégerions. Bien entendu, vous seriez payé pour ce travail… mettons 2 000 dollars par mois, ça irait ?

Ça lui va comme un gant à Gérôme. À compter de cet instant, son mental bat la chamade. Il fait désormais partie du monde de la nuit, une ombre agissante. Deux fois par mois, un homme lui téléphone une phrase qu'il place au début d'une bande destinée à un support étranger. Le fric lui est versé en liquide dans sa boîte aux lettres. Un paquet léger et anonyme. Bien entendu, Mona n'est au courant de rien, car dans un flash de lucidité Gérôme a compris que lui en parler c'était faire une annonce à midi sur RTL. Il empile ses dollars en cachette et lorgne avec insistance une BMW grenat chez le concessionnaire le plus proche.

Le jour où il rentre à la cité au volant du bolide, Mona roule vers lui des yeux fous :

– Ben, merde, où t'as trouvé le fric pour te payer ça ?

– Pendant que tu dépenses, moi j'économise. On va faire un tour ? propose Gérôme avec suffisance.

Comme qui dirait, le bonheur.

Puis ce lundi de merde arrive. L'homme de Crumley téléphone de très loin. Friture sur la ligne. Gérôme lui fait répéter la phrase, mais l'autre raccroche brusquement. Tel un brave petit soldat de l'Oncle Sam, Gérôme inscrit la phrase qu'il a cru comprendre en légende de sa BD devant paraître dans un fanzine de Bombay.

Quinze jours plus tard, l'opération *Vautour* est déclenchée à partir de Bombay par Chadwick, grand amateur de BD et nettoyeur en chef du secteur Moyen-Orient. Le commando chargé d'éliminer Kadhafi à Tripoli débarque une semaine trop tôt en Libye. Gérôme a inscrit Carmelita en lieu et place de Carla. Chadwick est accueilli, après son largage de nuit en parachute, par la DCA très sophistiquée du colonel. Naufrage général. Douze morts. Tous les circuits grillés et un prisonnier qui dégoise à ces empaffés d'Arabes tout l'organigramme de l'Agence. Crumley perd son job. En soldat, il accuse le coup mais décide une opération *Terre brûlée* derrière lui.

Il téléphone à Jarmush qui glande chez les dealers de Saint-Louis et lui explique le job en trois mots.

Gérôme, qui guette depuis son entrée dans la clandestinité toutes les nouvelles alarmantes en provenance du vaste monde, tique un peu en lisant les accusations de Kadhafi à l'égard de l'Agence mais il ne raccroche pas Bombay à Tripoli.

Et la vie continue, peinarde. Tiens, aujourd'hui par exemple, il a décidé de se faire le festival Scorsese au cinéma *Action*. Il se donne un vague coup de peigne, revisse son Rapido et descend en sifflotant l'escalier de son immeuble. Son bel engin allemand lui tend les bras à 20 mètres. Il pénètre dans la voiture, tourne la clé de contact et, dans une gerbe incandescente, part retrouver les vieilles gloires du paradis des bédéistes. Une heure plus tard, quand Mona se précipite dans son immeuble, elle ne remarque même pas les voitures de pompiers et les flics en uniforme qui paradent sur le trottoir. Elle avale les escaliers à toute blinde pour annoncer la nouvelle du siècle à son homme : elle vient de décrocher le quarté dans la première à Auteuil.

Rio Bravo

On les entendait s'étriper tous les soirs aux alentours de vingt heures. P.P.D.A. possédait un pouvoir maléfique sur leur union : il suffisait qu'il apparaisse pour que la sérénade se mette en branle. Elle lui reprochait de lorgner sur une salope de la ville basse et, lui, dénigrait son cassoulet William Saurin. Ça pouvait démarrer comme ça, mais de subtiles variantes apportaient du piment à leurs disputes quotidiennes. Après un échange d'amabilités qui occupait tout l'immeuble jusqu'à la fin du journal de 20 heures, il concluait l'engueulade par un immuable « Je vais te quitter, ma vieille, avant de commettre un crime. » C'était un grand fan de Stevie Ray Vaughan et il connaissait le morceau par cœur. L'idée qu'il puisse la quitter lui coupait régulièrement le sifflet. En fait, on racontait dans la cité qu'ils faisaient partie d'un club échangiste. C'était ce genre de couple post-moderne – version high tech déglinguée – qui tenait par le cul. L'ovni, c'était la gamine de treize ans, Adèle, une gosse silencieuse, toujours première de sa classe et qui ignorait complètement ce que le mot cocaïne pouvait vouloir dire. Un jour, elle avait essayé de fumer une Marlboro light et avait manqué s'étouffer. On ne lui connaissait pas d'autres vices.

Puis elle avait fait la connaissance de ce jeune Africain Jim B., au cours d'une fête chez Marie, l'une de ses copines de la cité. Elle était belle, Adèle, fine, blonde, délicate, tout ce dont un mec peut rêver.

Ce soir-là, elle portait un caleçon noir, un tee-shirt rose Naf Naf et des baskets Reebook. Ses cheveux coupés court faisaient la nique à ceux de Jean Seberg dans *À bout de souffle*.

Jim B. l'avait fait tourner sur un vieux rock, puis ils s'étaient déhanchés aux sons d'un rap cool de DC Basehead. Elle était rentrée chez elle avec des étoiles plein la tête et les sens tourneboulés.

Le lendemain, Jim l'attendait à la sortie du lycée. Ils avaient marché dans les rues sombres. Le jeune dealer buvait du lait Candia à même la bouteille. Ça l'amusait, Adèle : ce type n'était pas comme les autres, il avait le « truc ». Un mercredi, après qu'il eut enfin pressé ses jeunes seins et écrasé sa bouche sous ses lèvres, allongés dans l'herbe qui persistait au nord-ouest de la cité, il lui avait tendu un joint. Elle avait toussé au début, mais le goût n'était pas déplaisant.

Puis une fin d'après-midi, dans l'appartement que Jim partageait avec sa grand-mère, il avait pénétré la jeune fille – qui psalmodiait dans sa tête : « Ce n'est pas bien, ce n'est pas bien » – étonné qu'elle fût encore vierge. Toutes les filles de la cité perdaient leur pucelage à dix ans. Pour fêter ça, il avait bourré une pipe de crack – un max de coke et un doigt de bicarbonate – et l'avait tendue à la gamine. À cet instant-là, elle aurait fait n'importe quoi pour Jim B., l'homme qui avait fait d'elle une femme. Elle avait tiré sur la pipe, consciente que son cerveau se consumait à chaque bouffée. Mais elle l'avait fait. Pour Jim. Elle s'était lavée dans la salle de bains et avait regagné sagement l'appartement de ses parents. Les sons lui parurent comme amplifiés : la dispute atteignait ce soir-là des sommets. Adèle, complètement déjantée par la came, se planta devant la télé.

Ils passaient en cinquième rediffusion *Rio Bravo* sur France 3. « Je vais te quitter, ma vieille, avant de commettre un crime ! » beugla son vieux dans le living. La rage submergea l'adolescente. Elle fit cinq pas et décrocha l'Uzi du père, posé sur l'armoire dans la chambre de ses vieux, puis pénétra dans le séjour. Elle leva l'arme et, sous leurs yeux horrifiés, truffa leurs corps de plomb. Les détonations de l'Uzi se confondirent avec celles du colt de John Wayne.

Elle revint dans le salon pour assister à la fin du film alors que ses géniteurs râlaient à quelques mètres dans une mare de sang. Puis elle changea d'idée. Elle allait retourner chez Jim B., lui quémander une deuxième pipe. « Ce crack est vraiment génial », se confia-t-elle en souriant aux anges.

Rapline

Bobby Harlem n'a pas oublié la cité.

Comme tous les gosses de pauvres, il commença à fantasmer sur un loft nickel du côté de la Bastille quand son premier single *Terreur Africa* accrocha la place 14 au Top 50. Puis l'on perçut chez lui comme un fardeau trop lourd à porter, une certaine immaturité.

Trois mois à disjoncter dans les hôtels de luxe, cinq dealers accrochés à ses baskets. Retour à la case départ.

La cité pourrie. Mais, gaffe, un six pièces au sommet du B2 – plein sud, la vache – avec au mur un Di Rosa et deux Combas acquis avec les dividendes du premier album *Harlem Rap*.

Côté répét', la cave, c'est terminé. Warner lui prête un studio. Il peut sampler à mort toute la nuit, hurler aux étoiles, repiquer les bons plans de James Brown. No problemo. Du coup, il vire un peu chochotte avec ses costards rouges, ses bagouses 18 carats et son teint café crème. Mais c'est quand même ce bon vieux Bobby. Clean côté coke, la tinette sur toutes ces merdes. Il a vingt-deux ans, sa photo dans le journal, une gonzesse tous les soirs. Il est cool, heureux.

Était. Car à 17 heures, Loco et cinq blackos de son gang l'ont coincé alors qu'il garait sa Toyota devant son bloc.

– Harlem ?

– Oui, qu'est-ce que c'est ?

– La cité est à nous, tu craches ou tu morfles, brother.

– Comprends pas.

– Ça s'appelle un racket, tête de nœud. J'aime beaucoup ta musique, Harlem, mais tu dois casquer comme les putes, les dealers, le bar de Diego. En échange, on protège tes arrières. Tu dis, je suis avec Loco et tout le monde balise. Vingt pour cent. T'as de la thune ?

– Heu… deux mille.

– Ça fait quatre cents. Donne à Loco.

Il avait lâché son fric à regret, glacé d'effroi. Deux des truands arboraient des calibres qu'ils laissaient dépasser de leurs poches de survêts Tacchini.

Evening on the City. Dans la cuisine, Bobby et sa sœur Tina se repassent en accéléré l'intervention impromptue de Loco.

– J'ai eu peur, Tina, j'ai vraiment eu peur de mourir.

– C'est ça et t'as vu toute ta vie défiler devant tes yeux en quelques secondes.

– Rigole pas, ces types sont sérieux.

– Si on en parlait au frangin ?

– Tu le vois toujours ?

– Il deale du hasch à Stalingrad. Le job peinard.

– O.K., dis-lui, il saura quoi faire.

Un soir d'avril, Max Harlem – frère et sosie de Bobby – décide de retourner dans la cité. Pour son frère. Parce que depuis vingt ans, c'est lui, Max, qui s'appuie les sales boulots dans la famille. Le seul truc qu'il n'ait pas dealé depuis sa naissance, c'est du beurre de cacahuète. Son meilleur coup : les tubes de blanche, clés en mains. Mais gaffe, very dangereux. Overdoses et tout le tralala. Il a dû se rabattre sur le crack puis le hasch qui remonte très fort du côté des lycées et aux alentours des tennis de Saint-Germain-en-Laye. Mais ce soir, devant Tina, il s'engage. Ils sont assis à une petite table de coin au *Marine Bar*, le larbin arbore une moustache de phoque. Trois héros accrochés au zinc reconstruisent l'équipe de France de foot.

– Comment s'appelle ce pédé ?

– Loco. Ses mecs sont armés.

– Quels calibres ?

– Des 357, d'après Bobby.

– Il n'y connaît rien, j'aviserai sur place. Je dois trouver un bon plan…

– Tu pourrais te faire passer pour lui.

– Oui, j'y pensais.

Ce soir d'avril, Max replonge donc dans la cité, son odeur, ses peurs, sa veulerie. Il avale les cinq étages et se fait ouvrir la porte par son jeune frère. Les deux hommes hésitent puis, vaguement honteux, s'étreignent sous le regard amusé de Tina qui arbore depuis peu une petite tresse teinte en vert à l'arrière du crâne.

Faussement désinvolte, Max visite les lieux, les mains dans les poches de son pantalon de Skaï noir.

– Dis donc, c'est l'abondance ici ! s'étonne-t-il.

– Mes disques marchent pas mal…

– Je sais, je sais. Parle-moi de ce Loco.

Bobby vide son sac, en vrac, la voix chevrotante. Max, le visage caché derrière ses lunettes noires, ne peut s'empêcher, en contemplant son frère, de mesurer le gouffre qui les sépare. Le gosse est fort dans son truc, la musique, mais moralement on le sent prêt à lâcher la rampe à tout moment. Pourtant ce sont bien les mêmes traits, la même carrure, les mêmes lèvres minces qu'arborent les deux frères.

– Où est prévu le rencart ?

– Derrière le Codec, sur le parking. Il réclame trois mille francs, cette fois-ci.

– C'est pour quand ?

– Demain soir à 21 heures.

– Il y a toujours ce bar à côté du Codec ?

– Oui. Ils ferment à 22 heures.

– O.K. Ils attendront au bar et sortiront pour te plumer. Tina, tu appelles Pablo et tu lui demandes de radiner avec son Remington, celui à canon scié.

– Max…

– Fais-le. Toi, Bobby, tu vas me chercher ton costard le plus voyant, on va se faire un défilé de mode chicos. Au fait, j'ai une supercame, tu achètes ?

– Déconne pas, Max, ça me fout les foies cette histoire.

– Laisse couler, brother, ça c'est mon job, je sais faire.

*

* *

L'homme est grand, moustachu et culmine à 185 centimètres. Pas un poil de graisse, vieil imper dégueu, 50 piges au compteur. Son véritable patronyme est Gérard Duchemin mais tout le monde autour de Colville lui dit Columbo. C'est un flic.

Loco, flanqué de deux matamores, parade au fond du bar de Diego, trois métisses en extase à ses côtés. Sourire veule quand le policier se plante devant lui.

– Tu le tiens bien, Loco ? s'inquiète le flic.

– Tu m'as déjà vu louper un racket ? Il file droit, mec. Tu toucheras ta part, te bile pas.

– J'ai pas à m'en faire, Loco, je suis flic, j'ai un permis de port d'arme, moi.

– Putain, je suis vachement impressionné. Pose-toi, mec, on va sortir chercher la thune.

Sanglé dans un costard en lamé rouge, Max progresse

vers le Codec, un collier de métal doré autour du cou. La nuit tombe, quelques gouttes de pluie virevoltent dans l'air humide. Contre sa cuisse, le Remington, un serpent bandé. Il progresse, masqué par les voitures en stationnement, l'œil rivé à l'entrée du bar où viennent d'apparaître les trois Blacks. Loco et ses hommes sont affublés de treillis merdeux et de bérets noirs comme les bons vieux Panthers des *seventies*. Ils contournent le Codec et s'étirent contre une Audi garée sur le parking.

Sourire carnivore de Max qui apparaît à cinq mètres, entre deux tas de ferraille, le flingue derrière sa cuisse.

– Hé Loco, c'est toi ?

– Harlem ! T'es un bon gars, toujours à l'heure, j'aime ça. Approche un peu, reste pas dans l'ombre.

– J'ai changé d'avis, mec. Votre racket de merde, je me le carre dans le cul.

Figés, les Blackos. Tempête sous trois crânes. Loco, lui très triste.

– Écoute, vieux, ça me fait de la peine mais je crois qu'on va être obligés de t'expliquer le bizness avec des arguments frappants. Allez-y, vous deux.

Les Blacks s'arrachent à la voiture au moment où Max fait jaillir le Remington.

– On ne bouge plus, camarades !

Le mastard de droite fait alors l'erreur de sa vie : sa main plonge sous sa veste. Max arme l'engin et balance ses cartouches, le Black fuse dans les airs.

Loco extrait son Beretta mais Max a déjà réarmé : mort à l'atterrissage. Maintenant, ça canarde à tout va sur le parking. Max fait volte-face et plonge dans la nuit des blocs. Un martèlement de pas derrière lui. Columbo, himself, un .45 au bout du poing. Halètements, le cœur qui cogne. Cette salope de cinquante piges passe trois heures par jour dans une salle de gym. Le cœur de Max, une tocante poussiéreuse : too much coke, my friend.

– Halte, police ! beugle le flic fuselé.

Max balise, hésite puis s'arrête à bout de souffle, il se tourne lentement vers le policier qui avance avec précaution.

– Pose ton arme.

Le jeune Noir laisse tomber son Remington. Le policier s'avance, plisse les yeux.

– Tu n'es pas Harlem, constate-t-il.

– Non, seulement son frère.

– Parfait.

Là-dessus Columbo lui expédie deux balles vicieuses aux environs du cœur. Max se recroqueville comme un enfant plaintif. Maman, la colique. Le flic récupère le fusil et l'ajuste dans la main du cadavre. Un dernier regard sur la mise en scène. Il est content, Columbo : un cas d'école de légitime défense.

Puis il tire un talkie-walkie de sa poche et, brutalement, tout le décor et ce qui vient de s'y passer replongent dans la plus triste banalité. Finalement, il va se le faire tout seul, Bobby Harlem. C'est vrai, quoi, pourquoi s'emmerder avec les intermédiaires ?

Le viol

Elle poussa un petit cri qui attira l'attention de ses deux frères occupés à démonter une Suzuki cassée derrière le Mammouth.

Ils se trouvaient, sans le savoir, à dix portes de distance dans la cave du C3.

Les deux adolescents s'interrompirent et gagnèrent sur leurs écrase-merde Pat Ewing l'endroit d'où provenait le cri. À cet instant, l'ombre d'un homme s'encadra dans le couloir et disparut dans l'escalier. Les deux frères – Adel et Farid – se pressèrent et découvrirent, dans la pénombre de la cave 10, leur sœur Farida, la jupe remontée sur la poitrine et le sexe offert à tous vents.

– Qu'est-ce qui t'arrive, Farida ?

– J'ai… c'est un type qui m'a forcée.

– Tu veux dire qu'il t'a obligée à coucher avec lui ?

– Oui, moi je voulais pas.

Elle avait quatorze ans, des yeux noirs et des jambes fuselées. On lui donnait quatre ans de plus.

– Tu sais son nom ? Et rhabille-toi, on n'est pas sur Canal Plus.

– Heu… c'est le bonhomme du sixième, celui qui parle pas.

– Cachart. L'enfoiré. Adel, monte à l'appart' et téléphone aux flics.

– Vous êtes sûrs qu'il faut en parler… s'inquiéta la gamine.

– Ben quoi, c'est un viol, merde ! On va pas laisser passer ça.

À compter de cet instant précis, le B5 et la cité en général versèrent dans une folie vengeresse. Ça faisait bien dix jours que le deal de crack avait cessé, aucun Arabe ne s'était fait buter par un commando raciste. Bref, on s'ennuyait ferme et ce viol tombait à point. Aussi, quand Antoine Cachart rentra chez lui sur le coup de dix-huit heures, il dut faire face à deux fourgons de flics, cinquante-trois mères indignées et une vingtaine de gamins désœuvrés qui se promirent de lui faire la peau quand il sortirait de prison.

Un peu hébété, l'homme prit place dans le fourgon et se laissa ballotter jusqu'au commissariat du centre ville.

Par principe, Lubin, le commissaire, boucla Cachart pour la nuit et convoqua Farida – accompagnée de ses parents – pour le lendemain matin.

La confrontation eut lieu dans le bureau de Lubin. Cachart – un homme de quarante-cinq ans, chauve, plutôt réservé – paraissait mal réveillé. Les yeux du père de Farida exsudaient la haine sur son visage sombre. Lubin se tourna vers la jeune fille :

– Bon, Farida, tu nous racontes à ta façon comment ça s'est passé.

La jeune fille n'hésita pas.

– J'étais descendue à la cave chercher des bouteilles de bière, il faisait sombre et j'ai entendu du bruit derrière moi. C'était monsieur Cachart. Il a fermé la porte une fois rentré.

– Il a dit quelque chose ?

– Heu… oui, il a dit déshabille-toi, on va bien s'amuser tous les deux, voilà c'qu'il a dit.

– Elle est complètement folle, assena Cachart.

– Taisez-vous. Farida, tu es bien sûre qu'il s'agit de monsieur Cachart. C'est très important, tu sais, car tes frères n'ont pas reconnu l'homme qui s'enfuyait, tu es donc victime et témoin.

– Non, non, je suis sûre : c'est lui.

– Bon, Cachart que faisiez-vous dans cette cave ?

– Quelle heure il était ?

– 16 h 30, d'après Farida.

– À cette heure-là, j'étais pas à la cave, j'étais au *Balto* dans le centre ville.

– Vous avez des témoins ?

– Le barman me reconnaîtra sûrement, je suis un habitué.

Un peu embarrassé, le commissaire porta tour à tour son regard de Farida à Cachart.

– Bon, je ferai vérifier votre emploi du temps demain matin. En attendant, Farida, tu me signes ta déposition.

Le père de Farida se pencha sur le bureau.

– Vous allez le mettre en prison, commissaire, il a déshonoré ma fille.

– Il me faut une certitude, monsieur Belkacem, l'un des deux ment, vous le comprenez bien.

– Ma fille, c'est pas une menteuse.

– O.K., écoutez je vérifie l'alibi de Cachart, puis je transmets le dossier au juge. Ayez confiance, le cas de votre fille sera traité comme un autre.

– Merci monsieur le commissaire.

La famille Belkacem se leva et quitta la pièce. Lubin se tourna vers Cachart au moment où Lortie – un enquêteur – entrait.

– Joli cul, Cachart, vous ne trouvez pas ?

– Je ne discute pas, elle est bien roulée mais je ne l'ai pas violée. Elle ment.

– Pourquoi mentirait-elle ?

– Peut-être pour protéger quelqu'un d'autre, j'en sais rien, moi.

– Bon, Lortie, tu vas au *Balto,* place Degrise, et tu emportes la photo de Cachart. Essaie de savoir s'il était là-bas hier et demande aux témoins éventuels d'être très précis sur les horaires.

– D'accord, c'est tout ?

– Oui, ça ne sert à rien de se précipiter. Cachart, pour votre sécurité, je crois plus utile que vous passiez la nuit en prison.

– J'pourrais avoir du poulet au dîner ?

– Basquaise ou au sel ?

Le lendemain, Lortie s'acquitta rapidement de sa tâche. Le barman et deux habitués du *Balto* jurèrent sur la tête de leurs mères respectives que Cachart n'avait pas quitté le café de 16 h à 17 h 30. Il avait même joué au 421 sur le comptoir.

Farida et ses parents furent reconvoqués le jour même par Lubin.

– J'ai une mauvaise nouvelle pour toi, Farida : monsieur Cachart possède un alibi pour l'heure du viol. Alors, soit tu t'es trompée sur l'identité de ton agresseur, soit il n'y avait pas d'agresseur du tout.

– Mais je…

La jeune fille, rouge comme une pivoine, ne savait plus où poser les yeux. Son père lui serra l'épaule.

– Farida, tu nous as bien dit la vérité, tu n'as pas menti, hein ?

– Alors Farida, qui était ce violeur ? insista le commissaire. Au fait, vous l'avez fait examiner par un médecin ?

– Non, pourquoi ? s'étonna la mère de la jeune fille.

– Pour être sûr qu'il s'agit bien d'un viol.

Les regards convergèrent vers la jeune fille.

– Et pourquoi vous croyez Cachart ?

– Parce qu'il a des témoins, jeune fille.

Elle se prit la tête dans les mains, essaya de s'arracher des larmes de crocodile mais ne put y parvenir.

– C'était pas lui, admit-elle d'une petite voix fêlée.

Son père lui balança une claque retentissante qui l'envoya valser par terre.

– Et ça n'était pas un viol, n'est-ce pas ? suggéra le commissaire.

Elle reprit place sur sa chaise.

– Non, c'était un copain.

– Quel âge ?

– Seize ans.

– Nom, prénom.

– Jean-Claude Vivet.

La mère eut un hoquet.

– Alors tu couches dans la cave avec le fils des Vivet. À quatorze ans !

– Ma fille est une putain, se lamenta le père.

– N'exagérons rien, monsieur Belkacem. Ça arrive à de nombreux jeunes. Bon, Farida, tu recommences ta déposition s'il te plaît.

Les Belkacem rasèrent les murs quinze jours durant, car la nouvelle s'était répandue dans la cité et on pouffait sur leur passage. Les Français sont comme ça.

Cachart, lui, dut supporter pendant quelque temps les regards soupçonneux, car le bon peuple, toujours prêt à douter, part du principe qu'il n'y a pas de fumée sans feu. Mais comme il ne comptait aucun ami dans l'immeuble, cela ne lui fit ni chaud ni froid.

Trois semaines plus tard, Farida descendit à la cave pour remonter à sa mère une vieille machine à tricoter. Alors qu'elle farfouillait dans le bric-à-brac des Belkacem, elle perçut une présence dans son dos. Elle fit face d'un bloc. Cachart lui souriait à trois mètres.

– Alors Farida, je t'ai fait peur ?

– Heu, non, pas vraiment.

– C'est drôle, tu sais, que tu m'aies choisi comme bouc émissaire, car depuis longtemps j'avais remarqué ton petit cul, tes seins qui pointent sous ton corsage…

– Je sais, je sais, fit-elle, coquette.

Il s'approcha du corsage, déboutonna les trois boutons du haut et prit dans ses mains les jeunes seins fermes. Elle ferma les yeux.

– Tes petites fesses bien dures qui grimpent dans l'escalier, tu peux pas savoir comme elles m'obsèdent.

Il fit glisser ses mains sur le cul tendu de jeans.

Brutalement, les paroles d'un film porno qu'elle avait vu en cachette sur Canal Plus lui revinrent à l'esprit :

– Prends-moi comme une bête, rugit-elle en avalant la bouche de Cachart dans la sienne.

Le quadragénaire s'exécuta.

En fait, il le savait depuis toujours : Farida était une foutue salope.

La pizza

Ils se tenaient tous les trois dans la cuisine de leur deux pièces, au troisième étage d'un immeuble qui donnait sur le terrain vague dévolu aux Cantona zonards.

Jean-Pierre – mais tout le monde lui disait Pablo – était attablé avec le gosse devant une super pizza pendant que l'autre débile recommençait à délirer, à califourchon sur le rebord de la fenêtre, les yeux exorbités et la bave aux lèvres.

– Tu crois que j'vais supporter cette vie-là longtemps, Pablo ? Moi, j'en ai ma claque, j'vais en finir une bonne fois pour toutes. Tu m'tues, salaud. Alors, j'vais sauter par cette putain d'fenêtre et comme ça je s'rai plus heureuse avec les anges du ciel et les oiseaux phosphorescents.

Elle participait à des soirées poétiques depuis quelque temps et il lui en restait des strates imprévisibles. Deux heures plus tôt, elle avait dégueulé une tablette d'amphétamines dans les toilettes et Pablo avait essayé de compenser au Témesta avec un succès mitigé.

L'homme considéra sa Quatre Saisons dans son assiette : cette salope essayait tout bonnement de lui gâcher sa pizza et, qui plus est, un jour de congé. Dans son coin, l'enfant apprenait la honte. Pablo se tourna vers sa femme, vacillante dans le chambranle.

– Vas-y, fais-le, putain, fais-le, qu'on en finisse. Mais par pitié, laisse-moi bouffer tranquillement cette pizza.

La jeune femme posa un œil impavide sur Pablo, considéra le trafic en contrebas, hésita un moment, se mordilla la lèvre inférieure puis réintégra finalement la cuisine.

Elle sortit trois œufs du frigo et se confectionna vite fait une omelette. Chacun ses goûts, comme qui dirait.

Rockets

Vanessa les contemplait chaque soir, morte de jalousie. Il lui suffisait de s'accouder à la fenêtre de l'appartement qu'elle occupait avec ses parents dans le C4 pour les apercevoir. Rico s'asseyait sur le dossier d'un banc, Jordan à sa droite, Droopy à gauche et les autres répartis alentour. En une année, ils avaient réussi à imposer une terreur cool dans la deuxième cité. Cool parce que les violences ne s'exprimaient jamais dans l'enceinte merdique de leur lieu d'habitation, terreur quand même, car un mot de travers, un coup de téléphone aux flics ou un deal foireux avec l'un d'entre eux pouvait vous expédier à l'hôpital.

Rico s'intéressait entre autres au deal de crack et de matériel hi-fi. Vanessa aurait donné sa main droite pour faire partie des Rockets. Elle avait placé son espoir dans Betty, une gravosse au cerveau grillé qui servait de matelas à tous les mecs de la bande. Betty devait parler pour elle et la prévenir si Rico entrevoyait un créneau.

Vanessa envisageait sérieusement de fêter ses seize ans. Ses cheveux blonds flottaient sur ses épaules et ses lèvres s'offraient en moue boudeuse. Sapée en noir de la tête aux pieds, elle arpentait les rues de la cité en dissimulant ses livres de classe, qui indiquaient sa normalité. Elle rêvait de frissons, d'aventures, et le ronflement des Harley la mettait en émoi.

Un soir, alors qu'elle rentrait peinarde pointer chez ses vieux, Rico stoppa sa Mercedes d'occasion – acquise avec le fric du crack – tout contre son trottoir. Elle stoppa, le cœur aux quatre cents coups. Il lui fit signe de la main :

– Tu montes faire un tour ?

– Heu, ouais… sûr.

Elle s'installa sur le siège avant, bouillante dedans, glacée dehors.

– Betty me dit que les Rockets, ça te branche.

– Ça me plairait bien… oui.

– Tu sais qu'on ne prend pas n'importe qui ?

– Ben, oui.

– Tu dois prouver que tu veux vraiment joindre la bande et que tu en es digne, tu comprends ?

– Chuis pas conne.

Rico se permit un sourire sibyllin.

– Si tu passes l'épreuve avec succès, je te prends dans les Rockets.

Elle acquiesça, sans moufter.

Le jeune homme – dix-neuf ans, cheveux noirs, teint mat – emballa le moteur de la Mercedes et ils s'éloignèrent de la cité. Ils pénétrèrent dans les rues de la ville, zébrées par les néons et les feux des automobiles. Une foule de banlieusards avides de rentrer dans leurs HLM, se pressait sur les trottoirs. Grosse activité aux alentours de la gare du RER. Ils empruntèrent la rue centrale qui s'en venait buter contre l'entrée du *Royal*, le complexe quatre salles qui proposait du rêve tous les jours que Dieu fait.

Rico stoppa la voiture à vingt mètres du cinéma et se tourna vers la jeune fille.

– Tu vois l'entrée du cinoche ?

– Oui. Il y a deux caissières et un jeune type qui coupe les billets.

– O.K., c'est ce type-là qui m'intéresse. Il s'appelle Dan et m'a refait de deux briques sur une livraison de coke destinée au crack. Je me suis retrouvé comme un con avec mon bicarbonate de soude et ma casserole. En fait, il m'a fait perdre une montagne de thunes, car une fois coupée, la dope me rapportait gros. J'ai la haine pour ce mec.

Elle considéra le contrôleur, il était grand, les yeux châtains, les épaules larges, et portait un blouson de cuir noir bien coupé.

– Comment tu le sens ? demanda-t-il.

– Qu'est-ce que tu veux dire ?

Rico tira de son blouson un couteau à la lame tordue à la manière des couteaux corses. Le logo sur le manche avait été limé. Il le tendit à Vanessa.

– Pique-le, c'est ça l'épreuve.

– Que… quoi… que je le tue, tu veux que je le tue ?

– Tu essaies. S'il crève, tant mieux, mais on ne réussit pas à tous les coups. Ce type me doit beaucoup, Vanessa. Tu acceptes ?

Tuer un mec. Elle n'avait jamais envisagé ça, coincée entre les cours de philo, le rap et le bœuf bourguignon du samedi soir. Puis elle pensa : les Rockets, frimer, régner sur cette cité de merde. Comme dans un rêve, elle s'entendit dire oui d'une voix étranglée.

Puis il la fit descendre, car il avait à faire en ville. Alors qu'il s'apprêtait à démarrer, il passa la tête au-dessus de la vitre.

– Tu as cinq jours, Vanessa, alors commence à gamberger.

Il arracha la Mercedes au trottoir. Elle remisa le couteau dans sa veste noire. C'est à ce moment précis qu'une trouille terrible lui broya les intestins.

Durant deux jours, elle utilisa la méthode Coué pour

se convaincre elle-même : « Tu dois le faire ma vieille, c'est pour toi que tu le fais. » Mais elle évita comme la peste le quartier du *Royal*, se limitant au parcours reliant la cité au lycée Louis-Aragon. Enfin le troisième jour, elle prit place dans la queue qui se pressait devant le cinoche pour visionner *Reservoir Dogs.* Elle n'avait aucune idée de la façon de s'y prendre, mais piquer le mec à la sortie de son job, en pleine nuit, lui paraissait un bon plan. Elle tendit son ticket au jeune homme et planta son regard dans le sien. Intimidation zen. Il le lui rendit en souriant :

– Fais gaffe, c'est vachement violent.

– Je sors sans mes parents, mec.

– C'est violent quand même. Hé je t'ai déjà vue, tu es à Louis-Aragon, non ?

La tuile.

– Heu oui, toi aussi ?

– Je suis en fac maintenant mais je passe parfois chercher mon frangin au lycée, j'ai dû te voir à la sortie.

– Bon, bien, faut que je rentre.

– C'est ça et accroche-toi au fauteuil.

Les jambes flageolantes, Vanessa gagna sa place. Ce grand type cool l'intimidait.

Reservoir Dogs ne lui laissa pas un souvenir impérissable, concentrée qu'elle était sur l'épreuve. À la sortie du cinéma, Dan l'attendait.

– Tu habites la deuxième cité ?

– T'aurais fait un bon flic.

– Je vais te raccompagner, c'est dangereux pour une fille comme toi à cette heure-là.

– Ah oui, tu crois ? ironisa la gamine. Et tu me raccompagnes comment ?

– J'ai ma Harley. Ça te branche ?

Elle oublia le contrat et tout le reste du merdier. Elle allait pouvoir rentrer à la cité comme une reine, en

Harley. Elle fit oui, les yeux brillants.

Le quatrième jour, elle se récupéra un 2 à un contrôle de maths et resta plantée derrière sa fenêtre, l'œil songeur, pendant que Rico et Droopy faisaient ronfler le deal de crack autour des bacs à sable. Le couteau gonflait toujours sa poche, elle devait agir. Demain.

Mais tout d'un coup, elle ne se sentait plus le cœur à s'attaquer à Dan, il cadrait mal avec ce qu'en disait Rico.

Le lendemain soir, Dan l'attendait à la sortie du lycée, posé sur sa Harley aux chromes rutilants.

Il lui présenta son frère, un petit de 3e, et proposa :

– On va sucer une glace quelque part ? Fait chaud, non ?

Elle voulait bien. Elle se jucha sur la moto et enlaça le torse du motard.

Ils s'attablèrent sous la tonnelle d'un glacier où tout était calme et volupté à des milliards d'années-lumière de la crasse de la cité. Dan, d'un geste du dos de la main, renvoya sur la nuque de Vanessa, les cheveux blonds qui balayaient la glace.

– Tu as de beaux cheveux. Pourquoi tu t'habilles toujours en noir ?

– Ça me va bien. Au début, c'était pour faire comme les mecs de Cure, tu sais, le groupe de rock.

– Pourquoi tu acceptes de me suivre aussi facilement, Vanessa ?

– J'aime les Harley.

– Je sais mais il y a autre chose. Tu veux m'en parler ?

Elle le jaugea. Elle allait peut-être devoir faire le premier choix important de son existence.

– Parle-moi du deal de crack, éluda-t-elle.

– Quel deal ? Je touche pas à ces trafics.

– Le deal avec Rico, déconne pas, merde !

– Je ne déconne pas. Je connais en revanche un Rico, il dirige une bande de merdeux dans la deuxième cité.

– Les Rockets.

– C'est ça. Je lui ai mis une trempe un jour qu'il voulait rentrer gratis au *Royal*.

– Et c'est tout ?

– Oui. Je suis plutôt pacifiste, tu sais, mais j'ai fait dix ans de karaté.

Elle plongea dans sa glace, honteuse d'avoir été baladée par Rico. Soudain, retourner à la cité lui apparut comme une corvée supplémentaire. Elle voulait rester ici, longtemps, avec ce grand type qui la regardait en souriant.

– Pourquoi tu bosses au *Royal* ?

– Mon père est mort et ma mère est paralysée, comme dans les films de Claude Berri.

– Et la Harley ?

– En fait, puisque tu veux tout savoir, c'est une moto volée que j'ai rachetée à très bas prix.

Elle balança le couteau sur la table.

– Rico m'a demandé de te tuer.

– Avec ça ?

– Oui.

– Tu penses essayer quand ?

– J'ai changé d'avis, je te laisse la vie sauve.

– T'es sympa, je suis ému, s'amusa le motard.

Elle releva son joli visage vers lui et implora :

– On fait un tour en moto avant de rentrer ?

Il acquiesça et lui prit la main.

Ils roulèrent longtemps et ne pénétrèrent dans la deuxième cité qu'à la nuit tombante. Rico, sa Mercedes, quatre motos déglinguées et cinq Rockets barraient l'accès du C4.

Dan se tourna vers elle.

– On peut faire demi-tour et coucher chez moi ou alors on leur rentre dans le lard pour marquer le coup.

– On les massacre.

– O.K.

Il tira de son blouson un nunchaku et le tendit à la jeune fille :

– À chaque passage, tu leur balanceras ça dans la tronche, ça les calmera.

Il fit ronfler le moteur de la moto.

– Dan…

– Oui ?

– Embrasse-moi.

Il baisa ses lèvres avec tendresse puis elle s'accrocha au blouson, le nunchaku dans la main droite, et ils plongèrent dans la nuit bétonnée en hurlant comme des possédés.

Mobile Home

L'orage venait juste d'éclater quand ils ont installé leur Mobile Home sur le terrain vague derrière la cité. Ça leur a pris une journée pour s'installer sous l'œil impassible des gangs embusqués dans l'ombre des immeubles. Le père conduisait une 403 rhumatisante. Son corps maigre était flanqué d'une paire de bretelles lacérant un tricot de corps à l'ancienne.

En fait, il ressemble vaguement au guitariste des Rita Mitsouko. La mère, quant à elle, est une immonde pouffiasse teinte en blond platine, boudinée à longueur de semaines dans une robe de tricot rose. Elle passe son temps à faire gueuler son lecteur de K7 qui diffuse sans désemparer *Le Ranch de mes rêves* de Sheila, *Alexandrie, Alexandra* de Cloclo et *Retiens la nuit* de Johnny. Elle fait des concours avec la bande de Tony Boy branché à mort sur le rap blackos. Il a installé son Ghetto Blaster à trente mètres de la caravane et « En voiture Simone » pour deux heures d'hystérie.

Ils ont trois gosses avec eux. Les deux jumeaux – âgés de huit ans – qui comptent pour du beurre. Puis Zina, seize ans. Elle, c'est le gros truc. Bronzée, la bouche sauvage, les yeux noirs, un corps de déesse. Elle porte souvent une robe verte en satin et sur le coup des 19 heures, elle traverse les bacs à sable pour aller regarder *Hélène et les garçons* sur la TV des Blanchard, au rez-de-chaussée du C2. Tous les mâles de la cité se trouvent une bonne raison de prendre l'air sur leurs balcons, à cette heure-là. Elle affole les compteurs, la môme, et le gros problème des gangs consiste à savoir qui arrivera à se draguer cette salope pour la coller au tapin dans la cave du B1. Depuis trois semaines, ils se tirent des bourres au surin à minuit passé. Human Bomb et King Koda sont déjà à l'hosto de Colville avec un intestin rétréci pour l'un et 57 points de suture dans le dos pour le second. Bref, ça chie un max.

Aujourd'hui, Zina a passé un caleçon rose à fleurs noires, un body argent sur ses tétons violacés et dans sa ceinture à barrettes métalliques, elle a glissé le vieux rasoir de son père, celui avec *Viva la muerte* écrit en lettres rouges sur le manche de corne noire. Elle se baguenaude autour du Mobile Home, vaguement désœuvrée, se déhanche mollement sur un vieux hit de Lucky Blondo et pose les yeux, mine de rien, sur Tony Boy et Paco affalés à l'entrée des caves du C2. Puis se dirige droit sur eux.

– C'est quoi, cette musique de merde que vous écoutez ?

– Hein ? fait Tony Boy, en baissant le son.

– Ta musique, c'est de la merde.

– F.F.F., on fait pas mieux.

– Ça vous amuse d'emmerder ma mère en faisant gueuler votre radio ?

– C'est pas pour s'amuser, c'est pour marquer notre territoire. Tu veux visiter ?

Elle lève les yeux, un peu surprise :

– Visiter quoi ?

– Les caves, c'est là qu'on vit. T'as déjà fumé du crack ?

– C'est comme le hasch, non ?

– C'est ça. Allez viens, on se paie une pipe de crack.

Tony Boy et Paco se lèvent, l'œil interrogateur. Elle jette un regard en direction du Mobile Home statufié dans la fournaise. Elle a chaud, elle s'emmerde.

– O.K., allons-y.

Ils gagnent dans une semi-obscurité une ancienne buanderie aménagée en repaire tagger dans laquelle ils ont entassé tous leurs vols opérés au Mammouth et au super Leclerc. Sans compter les deux scooters tirés dans la rue.

Zina pose sur tout cela un œil fureteur, mais rien ne retient son attention, tout ce matos est destiné aux julots. Tony Boy lui passe la pipe bidouillée avec une bouteille de lait et un tube de plastique. Elle tire là-dessus sans tergiverser ; la came jaillit comme une cinglée dans son cerveau. « C'est pas du hasch », se confie mentalement la gosse. Puis Tony Boy s'approche d'elle et d'un coup de patte rageur lui arrache son body. Les seins sublimes de la jeune fille tétanisent les deux Blacks.

– Maintenant tu vas appartenir aux Killers, la prévient Tony.

Disant cela, il fait jaillir dans sa main son sexe raide et, en avançant sur Zina, se besogne furieusement. Puis il la pousse sur le matelas, l'écrase sous son corps et souffle :

– Enlève-moi ce truc rose, petite pute.

Elle ne dit rien, ferme les yeux et fait glisser le caleçon. Il pousse un cri rauque et tente maladroitement d'introduire son membre entre les cuisses de la jeune fille. Alors qu'il pense avoir atteint son but, elle brandit le rasoir et d'un geste sec et précis tranche la gorge du rapper. Il se recule en arrière, s'étouffe, un geyser bouillonnant sous le menton, ses mains sont rouges, il a trois minutes à vivre.

Zina se redresse, remonte son caleçon, réenfile tant bien que mal son body et se tourne vers Paco, terrorisé près de la porte.

– Vous êtes combien chez les Killers ?

– Heu… sept.

– Bien. À partir d'aujourd'hui, c'est moi qui commande. Vous m'appellerez Queen Zina One.

Puis elle regagne sans se presser le Mobile Home qui propose comme bande-son *Nouvelle vague* de Richard Anthony.

Sa mère, affalée dans l'herbe, lève un cil dans sa direction :

– Tu leur as dit de la mettre en veilleuse ?

– C'est ça. Au fait, je peux t'avoir un lecteur de K7 tout neuf. Ça te plairait ?

La mégère ronronne d'approbation et en s'étirant offre ses mollets variqueux en pâture au ciel limpide.

Cobra

Ils portaient des masques à l'effigie de Fidel Castro et poussèrent dans la banque le vigile du Crédit Agricole, un homme de cinquante-sept ans qui réclamait depuis six mois une retraite anticipée. C'est Daniela qui tenait leur unique revolver quand Rachid beugla d'une voix forte :

– On s'allonge par terre, les cadavres !

Une mémé à perlouses qui tardait à comprendre se prit une batte de base-ball dans l'estomac et toutes les personnes présentes saisirent dans l'instant qu'il ne s'agissait pas d'un épisode désuet de la Caméra Invisible. Daniela balança le Cobra à Franck et se projeta comme les autres derrière les caisses pour rafler du liquide.

Les deux flics – un gros à moustache et un Antillais dans un trip Eddie Murphy – se pointèrent la mine enjouée dans le bâtiment pour y déposer leurs gains du Loto sportif. Franck resserra sa prise sur le cou du vigile et fit valser le Cobra vers Rachid. Silence de mort, une mine de sel. Claquements secs du Cobra. Out l'Antillais. Le moustachu extirpa son Manurhin. Tous aux abris. *O.K. Corral,* de la roupie de sansonnet. Les femmes entreprirent de hurler à pleins poumons, des geysers de sang frais éclaboussèrent les murs.

Puis Carlos rechargea le revolver et, posément, fit parler le métal. Un jet de plomb hargneux. Un peu plus tard, la fumée se dissipa, les femmes se calmèrent et l'on pu percevoir le hululement métronomique d'une sirène bien connue des autochtones de la cité.

Ils raflèrent à la volée quelques paquets de biftons, abandonnèrent leurs multiples de Castro sur le sol rougi et sautillèrent dans le béton protecteur.

Le lendemain, Rachid gagna la Tour des Jeunes Mariés, *France-Soir* roulé en boule dans son poing. Carlos, Daniela, Franck et Théo l'attendaient sur les marches qui conduisaient aux ascenseurs. Ils roulaient *grunge* depuis deux mois : Levis taille 46, chemises de fermier et Converse aux pieds.

– C'est marqué ? s'informa Daniela.

– Première page : les deux flics sont morts et il y a trois blessés chez les clients.

– Putain, on a fait fort.

– Les flics, c'est pas moi, prévint Franck.

– On reste cools, les mecs, pas de panique. Qui a le revolver ?

– Je l'ai balancé dans une poubelle sur le parking, avoua Carlos.

– Connerie. Il aurait fallu essuyer nos empreintes.

Ils restèrent cois, Fleury-Mérogis en ligne de mire. Théo, qui portait des lunettes aux verres épais, posa enfin la bonne question :

– Pour la thune, on partage quand ?

– Ce soir, dans la cave du B4.

*
* *

Bilba, un Africain de douze ans chauve et trapu, qui en pinçait pour Marvin Hagler, parvint à la dernière poubelle, son sac Tati déjà bien rempli de saloperies les plus diverses. Il repéra le Cobra au premier coup d'œil.

– Merde, le flingue de Rachid.

Le gosse se pencha, rafla l'engin de mort et, l'œil faux cul, gagna le B4 comme la nuit prenait possession du parking au béton lézardé.

Au sous-sol du bâtiment, les émules de Fidel en terminaient avec le partage du butin.

– Je vais me payer un scooter, prévint Carlos. Et vous les mecs ?

– Un Black Trinitron avec le scope, annonça Daniela dont la ressemblance avec Naomi Campbell étonnait parfois.

Puis ils découvrirent Bilba, planté dans l'encadrement de la porte de la cave n° 32. Ils étouffèrent la thune vite fait. Réunion mondaine, et toi ma choute, tu bosses toujours chez Lacroix ?

– Heu, Rachid… commença Bilba intimidé. J'ai trouvé ta pétoire dans une poubelle du parking nord.

– C'est pas mon calibre, mec. Tu te casses, maintenant.

– Allez, merde, tu me l'as montré cinquante fois.

– Vire-moi ce putain de flingue, Bilba.

Le gosse repéra une lueur folle dans l'œil du Tunisien et battit en retraite. Il percuta l'air glacial, le cœur oppressé et comprit rapidement que le Cobra ne devait pas traîner dans sa poche. Il gagna à petites foulées le banc des dealers de crack. Nobody. Panoramique sur les lucarnes lumineuses accrochées aux façades des blocs. Délestage sous le banc, deux coups de Converse pour ensabler la chose et bye bye blackbird. Il y a des mecs comme ça qui possèdent ce genre de sixième sens. Ce genre-là.

Depuis la retraite de Fingers, c'est Dany qui drivait le deal de crack. L'organisation avait émigré du mur de Diego aux tas de sable cernés par les bancs désertés depuis des lustres par les jeunes mères. Dany et Floppy prirent position le lendemain matin vers onze heures sur le banc qui faisait face au C3. Il leur fallut quinze minutes pour repérer la crosse du Cobra et cinq minutes pour décider de le porter à Carlos qui l'exhibait parfois, espérant naïvement imposer une terreur dissuasive sur la cité.

– Tu m'as déjà vu avec ce flingue, Dany ? Tu déconnes à pleins tubes. Ma pétoire, c'est un .38 Smith et Wesson ! beugla Carlos planté au centre d'un bac à sable.

Dany et Floppy se consultèrent du regard. Une embrouille. Le braquage du Crédit Agricole fouetta leurs lambeaux d'intellect.

– D'accord, Carlos, c'est une erreur, te bile pas.

– Vous devriez faire disparaître cette arme, les mecs. D'habitude, les flingues ne traînent pas dans les jardins publics.

– O.K., on s'en occupe.

Puis ils se concentrèrent sur le deal et Carlos regagna le trois pièces de ses vieux dans le A2.

À quinze heures, Bibendum, un gamin de quatorze ans alimenté aux flocons d'avoine, pointa ses 90 kilos près des blocs, la bave aux lèvres.

– Deux galettes, Dany, c'est pour mon frangin.

– Fred ne fume pas, gros, c'est pour ta gueule que tu ramènes ta fraise. T'es accro, mec ?

– Cinq pipes par jour. J'ai la thune, Dany, le reste c'est mes oignons.

– Bon, bon, aboule le fric.

Le gros garçon s'exécuta. Dany empocha l'argent et claqua dans ses doigts en direction de Floppy qui alerta un gosse portugais chargé d'aller récupérer les cailloux de crack dans une planque pourrie.

Dany sortit le Cobra de sa chemise et le tendit à Bibendum.

– Tiens, c'est mon jour de bonté.

Là-dessus, il tourna les talons et abandonna le gros blond au moment où Floppy lui glissait les doses de crack.

Bibendum enfourna tout son matos dans les poches de ses jeans mal coupés. Son cerveau gambergeait à dix mille tours. Il descendit dans la cave de son bloc et enflamma deux cailloux dans le fourneau de sa pipe. La coke pénétra dans son cerveau en évitant les gares de triage.

Il resta là, extatique, pendant vingt minutes puis la descente de speed le laissa pantelant et hargneux. Il sortit le Cobra. Dany le prenait pour un con : c'était le flingue de Franck et Daniela. Deux flics morts, de la cervelle sur les murs et trois minutes au journal de 20 heures. Il se souvint du sourire dédaigneux de la jeune fille quand il avait proposé de lui carrer son engin dans le trou de balle. Cette salope de Daniela. Il allait la casser.

Bibendum s'étira, enveloppa le Cobra dans son mouchoir. Le surnom du flic lui vrilla les méninges : Jagger. Il allait porter l'arme à Jagger et proposer au policier quelques suggestions pointues.

La nouvelle se répandit comme un feu follet dans la cité. Ce pédé de Bibendum avait balancé l'arme du crime aux flics. Carlos, Franck, Rachid, Daniela et Théo se retrouvèrent le soir même dans la buanderie de la Tour des Jeunes Mariés.

– Je vais tuer cette grosse vache, commença Rachid.

– Trop tard, on est dans la merde.

– Pourquoi « on », s'étonna Théo.

– Parce que ce flingue, nous l'avons tous touché pendant le braquage.

– J'ai tué personne, moi, protesta Théo.

– Qu'est-ce que t'en sais ? D'autre part, tous les mecs de la cité nous ont vus un jour ou l'autre avec le

Cobra. On n'arrêtait pas de sortir ce flingue pour épater les meufs.

Rachid releva la tête, il avait une idée.

– Écoutez, on a deux solutions. La première, on ne bouge pas et tout le monde se retrouve en taule à Fleury, le cul en fleur, maqués par des vieux pédés psychopathes.

– Super, le coupa Daniela. Parle-nous vite de la seconde solution.

– Un seul d'entre nous se rend aux flics et s'accuse du carnage. C'est vache, mais les autres peuvent aussi tenter de le sortir de taule.

– C'est la prison à vie pour le mec qui casque, nota Carlos.

– Plein tarif, on connaît.

– J'aime pas ça du tout, martela Théo.

Franck leva la main.

– Hé, admettons qu'on choisisse cette solution. Qui se dévoue pour baver chez les keufs ?

– J'ai pensé à un jeu de questions-réponses. Celui qui n'arrive pas à répondre à trois questions, par exemple, a perdu et va tailler des plumes aux flics, proposa Rachid.

– Ça me va : je propose un questionnaire sur le rap, suggéra Daniela.

– Non, le basket, la coupa Franck.

– Je préfère le ciné américain, avança Carlos.

Théo ne pipa mot. Cette idée à la con ne le branchait pas des masses.

– Bon, puisque tout le monde est d'accord…

– Moi, je suis contre, intervint Théo.

– O.K., mais les autres sont pour. Tu es en minorité, mec, martela Rachid. Donc, comme nous sommes d'accord, je propose un sujet qu'on connaît tous mais dans lequel personne ne soit spécialisé.

Ils restèrent suspendus à ses lèvres.

– Allez, accouche, Rachid.

– Le bon vieux rock' n roll.

– Pas mal, mais on étend ça au blues.

– O.K..

– Et le reggae ?

– Possible, si tout le monde est d'accord. Théo, qu'est-ce que t'en dis ?

– J'ai à peine touché ce flingue, bordel !

– Théo, tu réponds oui ou merde ?

– Bon, bon, ça me va, mais on évacue le rock français.

Ils en oublièrent le Cobra, Fleury, la fusillade, les deux flics dessoudés. Chacun commença à gamberger dans son coin pour fignoler des questions vachardes à l'attention des copains.

Une heure plus tard, Théo s'était déjà planté deux fois. Il s'était trompé sur l'année de sortie de *I shot the sheriff* de Bob Marley et le nom du compositeur de *Boogie Chilum,* John Lee Hooker. Daniela se tourna vers lui en souriant :

– Une question facile, Théo. Tu sauves ton cul, mon lapin.

– C'est ça, c'est ça. Accouche.

– Le nom du premier batteur des Beatles. Avant Ringo, évidemment.

Théo, dix-sept ans, commença à suer sang et eau. Il se souvenait de Stu Sutcliffe, le premier guitariste, mais sur le nom du batteur, il était sec. Il n'avait jamais pu encadrer les batteurs, des enclumeurs de merde avec un pois chiche à la place du cerveau. Il n'aurait jamais dû accepter ce concours taré, c'était bien une idée d'Arabe. Son regard libéra sa haine en direction de Rachid.

– Je sais pas, bordel !

– Pete Best. Condoléances, Théo.

Ils le traînèrent en pleurs sur la pelouse alors que la brume de novembre engloutissait la cité. À cinq cents mètres, le commissariat rougeoyait dans l'élément bleuté.

– Ciao, Théo.

– Bye, mec.

– On t'en sortira, baby.

Daniela l'embrassa à pleine bouche, puis ils le poussèrent en direction du béton assermenté.

Théo pénétra dans les lieux, mort dedans, tremblant dehors. Deux flics en uniforme s'enfilaient des tasses de Gévéor derrière un comptoir en bois. Le braqueur aperçut dans le fond de la pièce un nazi ordinaire : Palmieri, inspecteur de première classe. Il sut d'emblée que, s'il lâchait le morceau, il ne sortirait pas vivant de cette piaule pourrie.

– Qu'est-ce que c'est ?

– Heu... voilà, c'est pour faire renouveler ma carte d'identité, bafouilla Théo.

– Deux attestations de domicile, deux photos et un timbre fiscal, récita l'un des deux policiers.

– Ah bon ? Je croyais qu'avec l'ancienne...

– Je te fais un dessin, petit merdeux ?

– Bon d'accord, je repasserai demain avec tous les papiers.

Palmieri leva un œil torve vers lui, puis les trois flics se replongèrent dans leurs paperasses et leur tasses de mauvais vin. Le gosse avisa une porte indiquée « Toilettes » au fond à droite du local. Mine de rien, en reluquant les affiches placardées sur les murs, il gagna les W.-C., s'enferma chez les « Hommes » et, juché sur la lunette, défonça la lucarne à coups de coude. En s'arrachant au passage la paume des mains et des cuisses, il parvint à faire glisser son corps dans la béance. La nuit totale engourdissant l'arrière du bâtiment le surprit, mais elle fut sa complice, car, la tête rentrée dans les épaules et les mains dans les poches, il tourna le dos à la cité, à la flicaille et à Pete Best. Puis il commença à courir en direction de la gare, pressant dans sa main ses deux pièces de 10 francs. En filant vers Paris dans un RER cafardeux, il prit enfin conscience de cette dure réalité : il était un homme maintenant, et ce constat lucide lui arracha des pleurs silencieux.

Two

Elle habite le C9, au beau milieu de la cité, avec son père qui pointe chaque matin au chômage et sa mère qui s'échine toute la sainte journée derrière une caisse du Mammouth. Elles ont institué une fauche calmos destinée à mettre un minimum de beurre dans les épinards. Lola, qui va vers ses quinze ans, est restée en rade côté nénés, alors elle se harnache avec le « gros bonnets » de sa mère sous un pull maousse et, quand elle passe devant les vigiles, elle arbore les mensurations de Miss Univers dues en fait aux yaourts bulgares, aux œufs de lump et au foie gras. Rayon culture, elle est feintée. Chaque livre qu'elle rapporte à la maison, c'est avec son argent de poche – celui qu'elle récupère en écumant chaque week-end les distributeurs de tickets du RER – qu'elle doit le payer. En ce moment, elle est plutôt branchée sur Marie Redonnet, Jim Harrison et Sylvia Plath. Ça lui coûte un max, à l'exception de Harrison qui paraît en 10/18. En fait, l'écriture, les livres, tous ces mecs qui racontent des histoires, ça la rend dingo, Lola. Elle a commencé son journal à la vitesse grand V après en avoir discuté quinze minutes avec Charles Juliet qui signait au super Leclerc de Colville.

Elle se coltine toutes les signatures d'écrivains, les rencontres, les colloques à chier sur la notion d'espace dans la littérature européenne. Ce genre-là. Elle avale ça, c'est sa drogue. Enfin, pas vraiment. Elle s'est fait baiser par Mister Crack soi-même. Elle se limite à cinq galettes par jour mais, assise sur son banc en 3e B au lycée Salvadore-Allende, elle trépigne – boyaux tordus – en attendant l'heure de la libération. Celle où elle retrouve Baby Face et Chico dans la cave du C3, tirant comme une démente sur une pipe de merde fabriquée avec un tuyau de caout' et une bouteille de lait en plastique bouchée au goulot. Elle aspire la mort comme une folle et se projette du nirvana tiers-mondiste aux quatre coins du cerveau. Le crack lui bouffe les neurones et elle a un mal de chien à donner vie à son cahier à spirale, un Conqueror de série. Sur la page de garde, elle a inscrit *Journal d'une condamnée à vivre.* Gros manque de lucidité chez Lola. Elle perd du poids mais n'en a cure. *Journal d'une condamnée à mort ?* Là, on extrapole, mais c'est comme ça qu'elle survit, un pied dans la vie, un pied dans le néant.

Heureusement, il lui reste les livres, le texte et ces « putains d'écrivains » comme elle dit. Certains soirs, elle vire groupie et se pointe comme une conne à la sortie d'une signature cafardeuse pour réclamer d'une voix menue un autographe sur sa main, bien à l'intérieur. Après, elle évite les douches pendant quinze jours pour que Gerber ou Grainville puissent survivre contre sa paume. Mais sa tasse de thé, son lieu secret reste le *Journal*. Elle a beaucoup lu Juliet mais aussi Jean-René Huguenin. Le côté fin de siècle de Huguenin, ça la branche terrible. Elle se voit comme ça, un peu décadente sur les bords, brûlant sa vie par les deux bouts : les night-clubs, les voitures de course et les amours contrariées avec des mecs qu'on jette après utilisation. En réalité, elle est toujours vierge sous la ceinture, mais côté ciboulot, elle a beaucoup donné.

Son journal commence comme ça : « Aujourd'hui, rien, enfin si, baiser interminable avec Ringo. Il met la langue dans la bouche, c'est mou et tout baveux, j'aime pas des masses. Une pipe à la cave avec Baby Face toujours branché sur un deal de Mobylette volées. Pour le reste, j'ai l'impression de rétrécir quand je vois mon vieux se coltiner ligne par ligne les annonces de boulot du *Parisien.* Ça me bouffe. J'ai envie de luxe, de subtilité et d'une plage au bout du monde comme on voit dans les pubs du métro. Enfin, bref, comme dirait Scarlett : "Demain sera un autre jour." »

Elle fait pas dans le détail côté style. C'est livré brut de décoffrage, pas raboté ni rien. Elle aime ça : la viande à l'étal, la barbaque qui saigne, les tripes à l'air. Elle veut en faire baver à la critique bien-pensante, tous ces petits salauds qui débitent leur fiel, bien au chaud dans leurs charentaises, elle rêve de les coller à genoux : « S'il vous plaît, Lola, donnez-moi vos épreuves en priorité. » Couché, le chien. Ça va barder quand elle lancera sur le marché *Journal d'une condamnée à vivre.* La guerre à mort entre Gallimard et le Seuil. Puis, des fois, dans sa piaule décorée avec des pages de *Rock et Folk,* elle se prend à douter, se traite de moins que rien. Alors elle descend en loucedé dans la cave et s'envoie quelques cailloux du bon vieux crack, histoire de se brûler la mémoire et l'anxiété. C'est autre chose que le Témesta de maman que celle-ci s'enfile à la poignée pour tomber comme une masse, le soir en rentrant du Mammouth. Elle confond avec les somnifères. Cette année, Lola va faire très mal. Elle a décidé de distribuer les bonnes feuilles de son *Journal* aux principaux éditeurs du Salon du livre. C'est Dum Dum qui lui fait les photocopies à son boulot au Crédit Lyonnais. Elle a tapé douze pages sur une Olympia de contrebande, le genre avec des touches conçues pour des haltérophiles. Elle s'est usé les doigts pendant quinze jours pour taper ce texte d'enfer. Puis elle a rangé tout cela dans de jolies enveloppes de plastique transparent orange et jaune. Enfin le Grand Soir est arrivé. Elle demande la permission de sortie aux vieillards qui somnolent devant P.P.D.A. Accordée. Elle s'asperge d'eau de Cologne, passe sa robe moulante à rayures jaunes et vertes et hisse ses deux jambes habituées aux Nike de série sur une paire de talons aiguille pour faire se pâmer les vioques de la NRF.

Elle passe comme une fleur entre deux vigiles, elle sait faire ça. La foule oppressante lui file la trouille un quart de seconde. Lola, ma biche, faut te secouer, Duras tremble sur ses bases. Elle arpente les allées, dandinant du cul et se prenant les pieds dans les méandres de la moquette. Puis elle les voit, les gros : Gallimard, le Seuil, Grasset, Flammarion, toute la bande de tueurs. D'une petite voix pointue, elle s'approche des stands et réclame le directeur littéraire mais personne ne l'entend. « Passez au bureau demain », lui conseille une attachée de presse condescendante. Lola s'en va-t-en guerre et, reconnaissant Boulanger, lui colle ses douze pages dans les bras : « Lis ça, pépère, c'est du super, avec du sang, de la sueur et des larmes. » « C'est écrit en français ? » s'inquiète l'écrivain. Elle opine du bonnet, agite ses tétons à la cannelle sous l'œil débonnaire du maître et s'éloigne en direction du Seuil.

Elle les accroche les uns après les autres, Charles-Henri, Verny, Roberts. Ceux-ci, vaguement gênés, font disparaître les feuilles dans leurs costards gris à rayures blanches. Elle surprend la commisération dans leurs yeux. Puis, brutalement, la vérité lui éclate à la figure. Ce monde n'est pas le sien. Elle contemple, effarée, sa robe de conne et compare avec les visons et les ensembles Saint-Laurent et Alaïa qui défilent alentour comme à la parade. Un vertige la prend. Cinq verres de champagne et elle est schlass. La guenon rugit dans son ventre. Elle a envie de hurler, de vomir sa haine devant tous ces tarés, ces théories d'écrivains, ces ersatz de romanciers, ces fœtus, ces mal-finis. Elle est à cet instant Sylvia Plath hurlant *Herr Gott, Herr Lucifer*, déjà de retour avec ses cheveux rouges et becquetant les mecs comme on happe l'oxygène. Mais elle arrive pas, c'est qu'une gamine, elle est trop petite, Lola. Alors, l'œil glauque et les cheveux filasse, elle gagne en titubant le métro puis le RER direction Colville. À peine arrivée au C9, elle délaisse l'appartement des anciens et se presse vers la cave. Il est minuit. Chico est encore là, complètement craqué. Elle tire à elle la bouteille de lait, rafle un tube, laisse tomber les cailloux. La came bondit : un TGV hypnotique. Soubresaut. Elle tire sur sa bouteille de Candia pour oublier ce monde de chiotte. Son dernier exemplaire du *Journal* glisse de sa poche. Hagarde, elle l'agrippe et déchire les feuillets rageusement. Son regard vacille contre les murs. Elle n'a plus rien hors ces cristaux qui roulent entre ses doigts. Dans six mois, à ce régime-là, elle en aura terminé avec la vie.

Table des matières

Achevé d'imprimer en février 2010
sur les presses de Normandie Roto Impression s.a.s.
à Lonrai (Orne)
pour le compte des Éditions Payot & Rivages
106, bd Saint-Germain - 75006 Paris
N° d'imprimeur : 100542
Dépôt légal : octobre 1991

Imprimé en France